此心安处

何健平 著

浙江工商大学出版社
ZHEJIANG GONGSHANG UNIVERSITY PRESS
·杭州·

图书在版编目(CIP)数据

此心安处 / 何健平著. — 杭州：浙江工商大学出版社，2020.4

ISBN 978-7-5178-3772-5

Ⅰ．①此… Ⅱ．①何… Ⅲ．①散文集－中国－当代 Ⅳ．①I267

中国版本图书馆 CIP 数据核字(2020)第 037812 号

此心安处
CI XIN AN CHU

何健平 著

责任编辑	任晓燕
封面设计	林朦朦
责任印制	包建辉
出版发行	浙江工商大学出版社
	(杭州市教工路 198 号　邮政编码 310012)
	(E-mail：zjgsupress@163.com)
	(网址：http://www.zjgsupress.com)
	电话：0571-88904980，88831806(传真)
排　　版	杭州朝曦图文设计有限公司
印　　刷	杭州宏雅印刷有限公司
开　　本	889mm×1194mm　1/32
印　　张	7
字　　数	131 千
版 印 次	2020 年 4 月第 1 版　2020 年 4 月第 1 次印刷
书　　号	ISBN 978-7-5178-3772-5
定　　价	32.00 元

自序　但求心安

尽日寻春不见春，芒鞋踏遍陇头云。

归来笑拈梅花嗅，春在枝头已十分。

这是唐代无尽藏比丘尼的《悟道诗》。

诗中说，寻春人终日远道"寻春"，"芒鞋踏遍陇头云"，可结果是"不见春"。就在她"归来"时，却发现"春在枝头"，而且"已十分"。就是说，一分至九分的春色，她已经白白错过。梅花也并不因为主人浪迹天涯而不盛开。

这首诗告诉我们，春色就在庭院里，就在离人们最近的地方，可是人们却偏偏要舍近求远，向外去寻找。

这首诗告诉我们，幸福就在内心中，不是向外能够找得到的，可是人们却偏偏要缘木求鱼，向外去寻求。

这首诗还告诉我们，无论世出世间法，都不是心外求法，而是要"向内走"，真正找到内心的安详。

安详，是生命的真义，是身心健康的灵魂，是人生幸福快乐的源泉。当一个人内心葆有安详时，仅仅从一花一叶、一饮一啄中，就可以领略到大千世界的无限美好，感受到百载人生的莫大喜乐。否则，即使他拥有整个世界，也可能和幸福快乐无缘。

人生难得是心安。唐人郑颐诗云："安心自有处，求人无有人。"我们竟日奔波在寻找精神家园的路上，我们终将要靠自己"安心"。我深知，只有真正达到心灵的"风调雨顺"、安宁祥和，人生才能吉祥如意、幸福圆满，才能"纵浪大化中，不喜亦不惧"。

新近两年，工作堪称清闲，心情亦尚自在，读书之余，写作自遣，随想随写，不拘章法，积稿盈百。鲁迅先生当年说自己谈的即使是"风月"，骨子里所贯注的依然是"风云"。我的这些稿件，其中绝大多数篇章，无论是什么题目，可以说，实际上都是为了对自己这颗凡俗心灵进行安详洗礼而作的。它们既是自己心灵成长不可或缺的精神资粮，也是自己心路历程的真实记录和深刻剖析，对于本人来说，其意义自不待言，或者说非同小可。因敝帚自珍，不揣浅陋，故撷取六十六篇，编纂成集，名之曰"此心安处"，其意昭彰，不言而喻，"此心安处是吾乡"——不重具在，不问其他，但求心安而已。

是为序。

2019 年 8 月 12 日于杭州

目　录

梁实秋的风趣

品读梁实秋先生的文章,你会发现,他是一位幽默、风趣的智者,他有一种一本正经的深入骨髓的幽默与风趣。他的幽默、风趣,在其文章和生活中随处可见。仅从他的散文集《雅舍谈吃》(云南人民出版社,2016 年 12 月)中,即可以管窥豹:

> 有一位先生问我:"您为什么对于饮食特有研究?"这一问问得我好生惶恐。我几曾有过研究?我据实回答说:"只因我连续吃了八十多年,没间断。"(《序言》)
>
> 两个不相识的人据一张桌子吃包子,其中一位一口咬下去,包子里的一股汤汁直飙过去,把对面客人喷了个满脸花。肇事的这一位并未察觉,低头猛吃。对面那一位很沉得住气,不动声色。堂倌在一旁看不下去,赶快拧了一个热手巾

把送了过去，客徐曰："不忙，他还有两个包子没吃完哩。"（《汤包》）

徐志摩告诉我，每值秋后必去访桂，吃一碗煮栗子，认为是一大享受。有一年他去了，桂花被雨摧残净尽，他感而写了一首诗《这年头活着不易》。（《栗子》）

北平没有汤圆，只有"元宵"，到了元宵时节街上有叫卖煮元宵的。袁世凯称帝时，曾一度禁称元宵，因与"袁消"二字音同，改称汤圆，可嗤也。（《北平的零食小贩》）

学校的饭食，只有一样好处——管饱。讲到菜数的味道，大约比喂猪的东西胜过一点。四个碗四个碟子，八个人吃。照规矩要等人齐了才能正式用武。所以快到吃饭的时候，食堂门口挤得水泄不通，一股菜香从窗口荡漾出来，人人涎流万丈，说句时髦话，空气是非常的紧张。（《吃相（其一）》）

梁实秋先生早年曾写过一篇《繁星与春水》，保守地批评了冰心的《繁星》和《春水》。不久后，两人在开往美国的轮船上相识。梁问："您到美国修习什么？"冰答："文学。"冰问："您修习什么？"梁答："文学批评。"

"九一八"事变爆发后，青岛大学学生闹学潮，闻一多和梁实秋成了最受攻击的对象。一次，黑板上出现一幅漫画，画着一只乌龟和一只兔子，旁边写"闻一多和梁实秋"。闻一多严肃地问梁实秋："哪一个是我?"梁实秋一本正经地说:"任你选择。"

有神医之称的王敬义,是梁实秋的好友,他喜欢到梁家串门。每次离开梁家的时候,总是习惯偷偷在梁家门口撒泡尿才走。梁实秋对此一直装糊涂,当作没看见、不知道。一天,王敬义自己终于憋不住了,自曝其短说了出来,不无得意地问梁实秋:"每次我都撒泡尿才走,梁先生知道吗?"梁实秋微笑着答道:"我早知道,因为你不撒尿,下次就找不到我家啦!"

1975年5月9日,72岁的梁实秋与44岁的韩菁清举行婚礼,洞房设在韩家。那天晚上,高度近视的新郎官因不熟悉环境,不小心撞到了墙上。新娘子立即上前将新郎抱起。梁实秋笑道:"这下你成'举人'了。"新娘也风趣地回答说:"你比我强,既是'进士'(谐音近视),又是'状元'(谐音撞垣)。"两人相视大笑。

梁实秋在台湾师范大学任教期间,校长刘真常请名人到校讲演。一次,主讲人迟迟未到,在座的师生都等得很不耐烦。刘真只好请在座的梁救急,上台给同学们讲几句话。梁慢吞吞地说:"过去演京戏,往往在正戏上演之前,找一个二三流的角色,上台来跳跳加官,以便让后台的主角有充分的时间准备。我现在就是奉命出来跳加官的。"一番话引得全场哄笑,驱散了师生们的不快。

梁实秋先生用37年时间翻译《莎士比亚全集》。书译成后,在朋友们为他举行的"庆功会"上,他发表演讲时说道:"要翻译《莎士比亚全集》必须具备三个条件。"大家洗耳恭听,他停顿了一下,接着说:"第一,他必须没有学问。如果有学问,他就去做研究、考证的工作了;第二,他必须没有天才。如果有天才,他就去做研究、写小说、诗和戏剧等创作性工作了;第三,他必须能活得相当久,否则就无法译完。很侥幸,这三个条件我都具备,所以我才完成了这部巨著的翻译工作。"一席幽默话,赢得满堂彩。

幽默、风趣的背后是其深厚的学养与高尚的境界。

梁锡华在《一叶知秋》中评论梁实秋说:"他有胡适先生的温厚亲切,闻一多先生的严肃认真,徐志摩先生的随和风趣。"

著名诗人余光中对梁实秋的评价是:"他的谈吐,风趣中不失仁蔼,谐谑中自有分寸,十足中国文人的儒雅加上西方作家的机智,近于他散文的风格。"这个评价,对他的风趣做了很好的诠释,可谓恰如其分。尤其是"不失仁蔼"的风趣,是他留给后人的一笔宝贵财富!

勿使僧人伸脚

　　《夜航船》是晚明著名学者、文学家张岱编纂的一部百科全书类著作。全书不到四十万字，这在中国古代类书中的确算是单薄的，但基本囊括了中国古代文化的知识谱系，从某种程度上讲，它也算是应有尽有了。其内容从天文地理到经史子集，从三教九流到神仙鬼怪，从政治人事到典章沿革，广采博收，非常丰富，共计二十部，一百二十余类，四千多个条目，涉及学科广泛，是一部特色鲜明、别具一格的小类书。它既是典型的类书，但又不像传统类书那样辞书味浓重，缺乏可读性。张岱的高明之处，就在于精选内容。他的选文不但极具代表性，而且尽量保持其趣味性与故事性，不让这些条文变成枯燥乏味的干巴巴的词条，这也正是《夜航船》被一些学者视为小品文或笔记小说的原因所在。

　　船是古代江南水乡最为寻常普遍的交通工具，人们外出一般都要坐船,夜航船则是长途苦旅的象征,在时日缓慢的航行途中,坐着无聊,便以闲谈消遣。乘客中有文人学士,也有富商大贾,有赴任的官员,也有投亲的百姓……各行各业、各色人等,应有尽有,谈话的内容自然也天南地北、古今中外、包罗万象。可以说,夜航船是当时社会人们知识和信息交流的一个平台。

张岱在《夜航船·序》中写道:"天下学问,惟夜航船中最难对付。盖村夫俗子,其学问皆预先备办,如瀛洲十八学士、云台二十八将之类,稍差其姓名,辄掩口笑之。"他还讲了这样一个故事:"昔有一僧人,与一士子同宿夜航船。士子高谈阔论,僧畏慑,拳足而寝。僧人听其语有破绽,乃曰:'请问相公,澹台灭明是一个人、两个人?'士子曰:'是两个人。'僧曰:'这等,尧舜是一个人、两个人?'士子曰:'自然是一个人!'僧乃笑曰:'这等说起来,且待小僧伸伸脚。'"

为使人们特别是"士子们"不至于在类似夜航船的场合丢脸献丑,张岱便编纂了一本列述中国文化常识的书,命名曰《夜航船》——"余所记载,皆眼前极肤浅之事,吾辈聊且记取,但勿使僧人伸脚则可已矣"。真可谓师者仁心,用心良苦。

苋菜与蔊菜

江南闵俊先生在《蔊菜》一文中，将苋菜等同为蔊菜，窃以为，这是不对的，很有澄清的必要。错误的肇始，恐怕主要还是源于苋菜的读音。

古清生先生在《红苋菜白苋菜》一文中写道："少时，在鄂东，是读作'汗'菜，不见道理，只是都泼洗澡水浇，那碱性十足的肥皂水，苋菜吸食后精神抖擞，高扬青春旗帜，红着或绿着，在晨光里，托起晶莹露珠。我以为洗澡水有汗，其嗜汗，故称汗菜。"

苋菜在各地名字多有不同，即使相同，读音也有差异，如陕西叫作"莙菡菜"或"仁汗菜"，湖北、四川等地叫作"汗菜"，我老家读作"hān 菜"。

"苋"，普通话读"xiàn"，但在多地方言里，读作"汗（hàn）"。这究竟是怎么回事呢？其实"苋"字，在古汉语里就读"汗"。这在我国古代编撰的第一部按部首分门别类的汉字字典《玉篇》中,可找到确凿的证据。把"hàn"读作"xiàn",恐怕是清朝入主中原以后才发生的变化。想必当时满人虽得了天下,但学汉语也很费劲,有些字念不好,发不准音,于是,形成"尖团合流"。这样,就造成了许多汉字发音的变异,其中包括原声母是 h 的变成 x 的字。由此而影响到后世普通话的读音。但是,在民间,这些字的古音仍然保留在方言口语里。在许多地区,尤其是南方古吴楚地区的方言里,如武汉等地,声母 x 发 h 音的字至今仍有不少,如:

1. 咸 xián,方言古音 hán,读如"含"。例:"你炒的菜咸(hán)得不能进口。"

2. 瞎 xiā,方言古音 hā,读如"哈"。例:"你是个睁眼瞎(hā),东西放在面前都看不到。"

3. 鞋 xié,方言古音 hái,读如"孩"。例:"我的鞋(hái)子咧?""啊?你还没出嫁,哪有孩子呢?"

4. 下、夏 xià,方言古音 hà,读如"哈"。例:"他一下(hà)子就不见了。""等一下(hà)。"

5. 懈、獬、解 xiè,方言古音 hài,读如"害"。例:山西有一地名曰"解州",是关羽的故乡,不是读作"解(xiè)州",而是读作"解(hài)州"。

按照"说方写本""白读原写"的原则,"苋菜"不能写成"汗菜",如同"等一下"不能写成"等一哈"一样。

据我有限的考察,"苋"读"汗","解"读"害",从内蒙古、晋南开始,到豫西的三门峡,再越秦岭过汉水,直到湖北与四川,这一现象基本相同。具体到"苋菜",湖南、湖北、江西、四川、重庆、贵州等地均有称为"han菜"者,江浙一带也有多地叫作"han菜",只是发音稍有不同而已。或许有人就此将"苋菜"认作为"蔊(hàn)菜",其实不然。

苋菜与蔊菜,实际上是根本不同的植物。明代李时珍在《本草纲目》中,就对它们进行了明确的区分。他说:"苋并三月撒种。六月以后不堪食。老则抽茎如人长,开细花成穗。穗中细子扁而光黑,与青葙子、鸡冠子无别,九月收之。""蔊菜生南地,田园间小草也。冬月布地丛生,长二三寸,柔梗细叶。三月开细花,黄色。结细角长一二分,角内有细子。野人连根、叶拔而食之,味极辛辣,呼为辣米菜。""蔊味辛辣,如火焊人,故名。"从李时珍描述的蔊菜的"细花,黄色""结细角长一二分,角内有细子""味极辛辣,如火焊人"等显著特性中可以看出,蔊菜与苋菜是迥然不同的植物。余也孤陋寡闻,但至今所食的各种苋菜好像都是不辣的。

李时珍还明确告诉人们,朱熹喜欢酒后吃点蔊菜。他在《本草纲目》中接着说:"林洪《山家清供》云:'朱文公饮后,辄以蔊茎供蔬品。'"虽然蔊菜似乎并无醒酒的功能,但朱老夫子对蔊菜确实很喜欢,曾不止一次赞美此物。他在《蔊菜·次刘秀野蔬食十三韵之一》诗中说:"小草有真性,托根寒涧幽。懦夫曾一嚖,感愤不能休。"懦夫曾经壮着胆子吃了一口蔊菜,便立即感愤不已。何以至此呢?因为蔊菜是"如火焊人"的辛辣之物。由此可知,朱老夫子也确是嗜辣之人。

宋代陆游《园蔬荐村酒戏作》诗说:"身入今年老,囊从早岁空。元无击鲜事,常作啜醨翁。菹有秋菰白,羹惟野苋红。何人万钱筋,一笑对西风。"方岳《羹苋》诗云:"琉璃蒸乳压豚膏,未抵斋厨格调高。脱粟饭香供野苋,荷锄人饱捻霜毛。断无文伯可相累,比似何曾毋太毫。见说能医射工毒,人间此物正骚骚。""骚骚"乃"独领风骚"之意。看来,那时野苋不仅用来做菜,还用来做羹,而且因其具有较高的食疗价值,民间曾出现过"野苋热"。

杨万里有《罗仲宪送蔊菜谢以长句》诗,从其中"蔬经我翻尽,不见蔊菜名"之句看来,他所说的蔊菜也不像是那时人们所习见的苋菜。在陆游、杨万里、朱熹、方岳等人中,除方岳生卒年晚半个多世纪外,陆、杨、朱三人基本为同一时代人。窃以为,朱子屡次赞美的蔊菜,绝对不是苋菜。

清代吴其濬是继承并证实李时珍之说,将苋菜与蔊菜区分为不同植物的学者。他在《植物名实图考》中说:"蔊菜,《本草纲目》收之,俗呼辣米子。田野多有,人无种者,盖野菜也。《江西志》以朱子供疏,遂矜为奇品。云生源头至洁之地,不常有。亦耳食之论。吾乡人摘而腌之为菹,殊清新耐嚼。伶仃小草,其与荠殆辛甘,各据其胜,然荠不择地而生,此草惟生旷野,喜清而恶浊,盖有之矣。"文中所谓"吾乡",是指作者的家乡河南固始。吴曾出任湖北、江西、湖南、浙江、云南、贵州、福建、山西等省学政、巡抚或总督。他利用"宦迹半天下"的优势,以野外观察为主,参证文献记述为辅,主张"实证",践行"目验"。每到一处,都注重"多识下问",虚心向老农、老圃学习,并亲自把采集来的植物标本绘制成图。其著《植物名实图考》在国际上享有盛誉,被中外从事植物研究的学者奉为圭臬,到现在还是学术界鉴定植物科、属甚至种别的重要依据。

另据《中国高等植物图鉴》《中国野菜图鉴》等书记载,苋菜,是苋科苋属草本植物,苋科苋属植物在我国共有十余种。蔊菜,是十字花科蔊菜属草本植物,我国主要有蔊菜、球果蔊菜、无瓣蔊菜、沼生蔊菜四种。它们均有较高的食疗价值。

看来,李时珍在《本草纲目》中所说的蔊菜,不是球果蔊菜这一点是可以肯定的,因为它"结细角长一二分,角内有细子",结的是"长角果",而不是"球果"。

好德与好色

美国电影《邻家女孩》中男主人公马修的演讲令人难以忘怀：

"我不要按着讲稿演讲了……道德品行，什么是道德品行？我的意思是……很有趣，过去我认为就是说实话、做好事，你知道，基本上就是做个该死的童子军。但是后来，我有了不同的看法，现在我觉得道德品行就是，找到自己真正关心的一件东西，特别的那一样东西，她对你来说，比世界上任何其他东西都更有意义。当你找到她，你为她而战，你不计后果，你把她放在一切的首位，你的生活，你的未来，一切的一切，也许你为她做的那些事不是那么干净。你知道吗？不要紧。因为在你心底，你知道，这事值得去做。这，就是道德品行。"

《邻家女孩》的故事梗概是：高中生马修是个憨厚老实的大男孩，他迷恋着政治，一直梦想能够像林肯那样成为美国众人仰慕的政坛风云人物。直到有一天，马修发现隔壁搬来了一个美丽性感的女孩，成了他的新邻居。这个女孩满头诱人金发,性感火爆的身材几乎令所有男人都会血脉贲张,马修立刻不可救药地暗恋上了她。一天晚上,正当马修打电话告诉他的好友,自己有了位美女邻居时,透过窗户他看到对面的女孩正在宽衣解带——天哪,她竟然脱掉了上衣甚至乳罩!马修看得痴迷极了,正当他想入非非之际,那女孩突然转过身来,望向了马修这边,马修连忙蹲下躲到窗户底下,吓得手机也掉在地板上。过了一会,门铃响了,进来的竟然就是隔壁的那位性感美女。马修以为她为刚才的事找茬来了,却不想她竟然是约自己出去一起玩,受宠若惊之下,马修跟她走了出去。原来,女孩名叫丹妮尔,也是个高中生。泼辣的丹妮尔常常戏弄老实的马修,并且为此感到非常快乐。在如此美女面前,马修失去了所有防线,拜倒在她的裙下。很快,马修和丹妮尔甜蜜得如胶似漆,沉浸在热恋中了。正当马修快乐地想把自己的女友介绍给所有的朋友时,忽然半路杀出个丹妮尔的前男友。这个颓废不羁的男人告诉马修一个秘密:看上去清纯可爱如高中生的丹妮尔,以前是个专门演 AV 电影的女优,而且还成了色情片明星。女友竟是色情片明星!这让马修根本无法接受,他们两人刚刚进入状态的恋情顿时面临着严峻的考验。幸好在朋友的帮助下,马修慢慢认识到如果爱一个人,就要有勇气冒险去接受她的任何事情。在这种想法的支持下,马修依然爱着丹妮尔,并且帮她找回了清白,继续享受他们快乐的青春和爱情……

无独有偶,王尔德在短篇小说《人面狮身的女子》中说:"女人是要爱的,不是要了解的。"这句话说得很俏皮,也很有意思。这使我联想到南朝刘义庆在《世说新语·惑溺》中讲的一个故事：

荀奉倩与妇至笃，冬月妇病热，乃出中庭自取冷，还以身熨之。妇亡，奉倩后少时亦卒。以是获讥于世。奉倩曰："妇人德不足称，当以色为主。"裴令闻之，曰："此乃是兴到之事，非盛德言，冀后人未昧此语。"

这段话的意思是：荀奉倩和妻子的感情很深，冬天妻子发高烧，荀奉倩就到院子里把自己冻冷，然后回到屋内，用自己的身体贴着妻子的身体，给她退烧。妻子去世后，荀奉倩没过多久也死了，因此受到世人的嘲笑。荀奉倩曾说："女人的德行并不值得称道，应当以容貌为主。"裴令听到此言后说："这只是兴之所致才这样说的，不是大德之言，希望后人不要被他的话所蒙蔽。"

荀奉倩，名粲，字奉倩，魏晋时的名士。他的父亲是荀彧，岳父是曹洪，都是《三国演义》的读者所熟悉的人物。荀粲以玄学名家，但最出风头的，是他对女性的上述议论。对于女性，像他这样想和评论的人肯定有很多（不然，孔子就不会在《论语》中两次抱怨"吾未见好德如好色者也"了），但如此这般直抒胸臆的，他恐怕是头一个。他这样的见解，不要说在古代，即使在今天，不要说女性主义者和道学家，就是普通人，也要反对，至少在口头上。后来他践行自己的主张，听说曹洪的女儿长得漂亮，便设法娶了她。不料，不久妻子重病而亡。荀粲因悲痛过度，旋即亦亡，年仅 29 岁。对于荀奉倩，我所知道的不多，但我很喜欢他。我以为他是个真实通透、表里如一、至情至性的人。

"苦吟"与"吟苦"

"两句三年得，一吟双泪流。知音如不赏，归卧故山秋。"这是唐代著名"苦吟"诗人贾岛，为自己的《送无可上人》诗中的"独行潭底影，数息树边身"这两句所作的一首注释诗，也就是他在吟就这两句诗后所发的感慨。

该诗的一、二句说，这可是我经过苦思冥想、呕心沥血才写出的诗句啊，简直把我自己都感动得流泪了！真可谓是"努力到无能为力，拼搏到感动自己"。这是"苦吟"诗人"苦吟"精神的生动体现。诗中的"三年"，并不是实数，而是虚数，形容花了很长的时间去推敲琢磨、思索斟酌，最终才写出了让自己满意的佳句。这其中的艰苦，当然只有诗人自己知道，所以，他才会在吟就佳句后情不自禁地流下热泪。"两句三年得，一吟双泪流"，本身就是甚工甚妥的对偶句，作者在短短十个字中，连用了四个数字，在极尽铺陈、夸张之中，真切抒发了自己由衷的心声。

三、四两句则是作者对知音的向往,也体现了他对自己作品的肯定和自信。诗人说,如果连知音都不欣赏我的诗的话,那我就归隐故山,不问世事了。村上春树说:"能和某人谈一本你喜欢的书,而且他的感受和你一样,是人生最快乐的事。"这样的知己,实在难能可贵。所以,诗人极度渴望有知音能真正体会自己的心境,能真正理解自己的思想和赏识自己的作品。

相对于原诗《送无可上人》,这首被后人命名为《题后诗》的注诗,反而流传更广,影响力更大。细心的读者,恐怕不难发现,后世不少诗人,比如,唐代方干的"才吟五字句,又白几茎髭""吟成五字句,用破一生心",卢延让的"吟安一个字,捻断数茎须"等诗句,无不是从贾诗启发、演化而来。

北宋魏泰在《临汉隐居诗话》中曾经质疑:"贾岛云:'独行潭底影,数息树边身。'其自注云:'两句三年得,一吟双泪流。知音如不赏,归卧故山秋。'不知此二句有何难道,至于三年始成,而一吟泪下也?"在魏泰看来,"独行潭底影,数息树边身"这两句诗,写"影"独行于潭底,"身"数次倚树而息,只不过是对仗精切,并蕴含倒装、烘托等修辞手法而已,并没有什么"难道"的呀,也不"至于三年始成,而一吟泪下"吧?魏泰这样解诗,恐怕也可以说是"死于句下"了。其实这两句诗,之所以引发贾岛"一吟双泪流"的伤心慨叹,关键在于,它充分表达了作者孤苦伶仃、疲惫不堪、饥寒交迫的生活遭遇,而这种景况也正是千千万万"天下寒士"困窘生活的生动写照。明代学者胡应麟在《诗薮》杂编卷五中说:"古今诗人,穷者莫过于唐,而达者亡甚于宋。"魏泰,出身世族,堪称国戚,其胞姐是著名女词人,受封道国夫人,姐夫曾布官至丞相,裙带势力显赫,生活条件优裕。这样的境遇,决定了他在情感上不可能与贾岛产生共鸣。所以,他发出那样的质疑,也就不足为怪了。

显然,"两句三年得,一吟双泪流"是贾岛的创作心得和经验。其实,贾岛这类以"苦吟"著称的诗人,并不仅仅是为了单纯追求炼字琢句而"苦吟",而恰是为了精确表达他们自己所深刻体验的社会遭遇和人生痛苦而"吟苦"。欧阳修在《六一诗话》中就表达了这种见解:"孟郊、贾岛皆以诗穷至死,而平生犹自喜为穷苦之句。孟有《移居》诗云:'借车载家具,家具少于车。'乃是都无一物耳。又《谢人惠炭》云:'暖得曲身成直身。'人谓非其身备尝之不能道此句也。贾云:'鬓边虽有丝,不堪织寒衣。'就令织得,能得几何? 又其《朝饥》诗云:'坐闻西床琴,冻折两三弦。'人谓其不止忍饥而已,其寒亦何可忍也。"由此可见,正是因为"郊寒岛瘦"这类诗人能够准确传达出有着同样遭遇的普通民众的心声,才铸就了他们万世流芳的声名。

"桂子飘香"的由来

南朝梁元帝萧绎《金楼子·杂记篇上》云："桂华无实，玉卮无当。"确实，品种好、香味浓的桂花通常不结子，如金桂、银桂之类，偶有结子也寥寥无几。结子的桂花通常不够香，如月月桂、四季桂之类，其子"或二或三，离离下垂"。既然如此，何来"桂子飘香"一说呢？

对此疑问，有两种解说。

一种是说，桂花结的子真的有香味，不过这种香味不是桂花香。明代朱国帧的《涌幢小品》中曾说到桂子的味道："绍定间，舒岳祥读书馆中，中秋月色皎然，闻瓦上声如撒雹，甚怪之，其祖拙斋启门视之，乃曰：'此月中桂子也，我尝得之天台山中。'呼童子就西庭中拾得二升，大如豫章子，无皮，色如白玉，有纹如雀卵，其中有仁，嚼之，作芝麻气味。"其中"豫章"即香樟，桂子的大小，的确与香樟子差不多，但并非都是白色。《杭州府志》记载，桂子"其大如豆，其圆如珠，其色有白者、黄者、黑者,壳如芡实,味辛"。"芡实"即"鸡头米",是著名药膳材料,而"味辛"说明味道是苦的。我曾经品尝过黑色的桂子,其味的确是有点苦涩的。看来,即便桂子真的有香味,也极为有限,更何况它根本"飘"不起来呢。

另一种是说,"桂子"实际上是指桂花。最早来自唐代诗人宋之问的《灵隐寺》诗:"鹫岭郁岧峣,龙宫锁寂寥。楼观沧海日,门对浙江潮。桂子月中落,天香云外飘。扪萝登塔远,刳木取泉遥。霜薄花更发,冰轻叶未凋。夙龄尚遐异,搜对涤烦嚣。待入天台路,看余度石桥。"唐中宗景龙四年(710),宋之问被贬为越州长史,离京赴越。这首《灵隐寺》是他途中经过杭州,游览灵隐寺时所作。该诗按照诗人游览的路线展开描写,从飞来峰入手,写其见闻感思,思路清晰顺畅,语言凝练自然。明代袁宏道在他的游记《灵隐》中曾这样说:"余始入灵隐,疑宋之问诗不似,意古人取景,或亦如近代词客,掇拾帮凑。及登韬光,始知沧海、浙江、扪萝、刳木数语,字字入画。古人真不可及矣!"这段话,简直说尽了宋之问《灵隐寺》诗的妙处——"字字入画"。

据唐代孟启笔记小说集《本事诗·征异》记载,当天夜晚,明月当空,宋之问在长廊上漫步吟诗,挖空心思地作出了第一联:"鹫岭郁苕峣,龙宫锁寂寥。"随后便卡了壳。寺内有个老僧点着长命灯,坐在大禅床上,问道:"年轻人深夜不睡觉,却在这里苦苦吟诗,到底为什么?"宋之问答道:"弟子修业于诗学,刚才我想赋诗以题此寺,无奈兴思不来,苦吟不得佳句。"老僧道:"请你试吟上联。"宋之问随即吟诵第一联给他听,他听了后,反复吟唱了几遍,便说:"为何不用'楼观沧海日,门对浙江潮'这两句呢?"宋之问十分惊讶,惊讶于这两句诗的遒劲壮丽。随后他豁然贯通,吟出全诗。老僧所赠的诗句,是全篇中最精辟的地方。第二天,宋之问再去拜访他时,却再也见不到了。寺中有知道底细的僧人说:"这位老僧就是骆宾王。"

"桂子月中落,天香云外飘"是吟咏桂花的名句。毫无疑义,是宋之问开了"桂子飘香"一词的先河,但他却没有把"桂子飘香"这四个字直接连在一起。那么,最早直接说出"桂子飘香"的又是谁呢?

南宋陆游《老学庵笔记》卷二记载:"张子韶对策有桂子飘香之语。赵明诚妻李氏嘲之曰:'露花倒影柳三变,桂子飘香张九成。'"李清照此联,堪称千古绝对,不仅嵌入了人名,而且连人名中的数字也对仗工整妥帖。上句的"柳三变"(约987—1053),就是北宋大名鼎鼎的词人柳永。下句的"张九成"(1092—1159),是南宋官员、理学家,字子韶,号无垢,生于杭州,其祖上从开封迁海宁盐官(今浙江海宁),1132年被宋高宗亲选为状元,曾官至礼、刑两部侍郎,后因不从奸臣秦桧,被贬任温州知府,最终死于任上。虽然"张子韶对策有桂子飘香之语",但他不是最早直接说出"桂子飘香"的人。

据不佞考证,最早直接说出"桂子飘香"一语的人,应该是北宋文学家、江西诗派二十五法嗣之一的谢逸(1068—1113),其《点绛唇·金气秋分》词云:"金气秋分,风清露冷秋期半。凉蟾光满,桂子飘香远。素练宽衣,仙仗明飞观。霓裳乱,银桥人散,吹彻昭华管。"理由如次:

一是其余在诗词中写过"桂子飘香"之语的宋代人,如虞俦、吕胜己等,其生年比谢逸卒年都晚。

二是张子韶于 1132 年被宋高宗亲选为状元,可知其"对策"中的"桂子飘香之语",理应不早于 1132 年,而此时离谢逸去世已 19 年矣。

功利读书

或问：读书，究竟是功利性的，抑或是非功利性的？

窃以为，毫无疑问，读书绝对都是功利性的，而且，古今中外，概莫能外。关于这一点，说得最到位，且流传最广最具代表性的当然首推宋真宗赵恒的《劝学诗》："富家不用买良田，书中自有千钟粟。安居不用架高楼，书中自有黄金屋。娶妻莫恨无良媒，书中自有颜如玉。出门莫恨无人随，书中车马多如簇。男儿欲遂平生志，五经勤向窗前读。"赵恒的这首诗把读书的功利性目的说得再透彻不过了——经由读书考取功名是人生的绝佳出路。我觉得，如果一个人没有足够好、足够硬的"靠山"（家庭背景和社会关系），通过自己十几年甚至更长时间"头悬梁、锥刺股"式的寒窗苦读艰苦奋斗，实现"学而优则仕""鲤鱼跳龙门""知识改变命运"的美好梦想，绝对无可厚非。

综观古今中外劝人读书的名言警句，理由几乎千篇一律都是功利性的。比如，读书使人聪明，"书犹药也，善读之可以医愚"（刘向）；读书使人高尚，"书就是社会。一本好书就是一个好社会，它能陶冶人的感情与气质，使人高尚"（俄国科学家皮罗果夫）；读书使人祛病，清代《老异继编》就载有一则杜诗祛病的事，白岩公患气痛，每当疾发时，便诵读杜诗数百首，习以为常；读书使人美丽，苏轼说"腹有诗书气自华"，黄庭坚说"三日不读书，则尘俗生其间，照镜则面目可憎，对人则语言无味"，就连并不帅气的美国总统林肯先生也说"过了四十岁，一个人就应该对自己的相貌负责"。意思是说，一个人年轻时的长相主要取决于父母的遗传基因，由父母负责，而年届不惑之后的面貌则是自己灵魂的呈现，当然应由自己负责。所以，人们倘能经常读书，以文化人，以文润魂，天长日久便会洋溢出一种高雅的"书卷之气"。确实，读书美容论对引导年轻人读书颇有作用。

当然还可以枚举很多他例，比如培根等人对读书的精妙论述。但据我的观察，这些大抵并不十分可信。因为从我个人的人生经验看，"百无一用是书生""刘项原来不读书"反倒更加可信些。现实生活中多数时候，越是知书达理的人，往往会越发觉得自己才疏学浅（学然后知不足嘛），进而会越发谦虚谨慎甚至"迂腐愚笨"，而且"不开窍""不识时务""死心眼""一根筋""弗来事"，总是不那么招人待见。倒是那些不怎么读书的人，却常常是大言不惭信口开河，显得十分自信勇敢"会来事"（也难怪，无知者无畏嘛），往往占尽"无限风光"。至于"读书使人高尚"，则更加不可靠，古今中外不少道德楷模其实并没有太多太高的文化，许多大奸巨佞倒是名副其实出类拔萃的"读书人"，就好比是把读书论述得无以复加无比高尚的培根先生，却是一个道德上有明显瑕疵的卑鄙小人。由此可见，做人的好坏与读书的多少并没有必然联系。

　　林语堂先生是讲求性情，反对功利性读书的。他在《论读书》中说："读书本是一种心灵的活动，向来算为清高。'万般皆下品，唯有读书高。'所以读书向来称为雅事乐事。但是现在雅事乐事已经不乐不雅了。今人读书，或为取资格，得学位；在男为娶美女，在女为嫁贤婿；或为做老爷，踢屁股；或为求爵禄，刮地皮；或为做走狗，拟宣言；或为写讣闻，做贺联；或为当文牍，抄账簿；或为做相士，占八卦；或为做塾师，骗小孩……诸如此类，都是借读书之名，取利禄之实，皆非读书本旨。亦有人拿父母的钱，上大学，跑百米，拿一块大银盾回家，在我是看不起的，因为这似乎亦非读书本旨。"在我看来，林先生是站着说话不腰疼。对于有些人而言，鼓励他们不为功利读书、上大学，简直有些残忍，他们把读书、上大学当作"敲门砖"，作为求职谋生的途径手段，当在情理之中，实在正常不过。难道林先生最初读书求学就纯粹一点功利性都没有吗？我看未必。不过，林先生倒是有可以不为功利而读书的家庭背景的，不说别的，至少他当年没有许多莘莘学子日夜萦怀的衣食之虞。

　　我以为，用功利性读书与非功利性读书来区分人们的读书层次并不十分合适。我倒觉得，借用丰子恺先生"人生三层楼"的比喻来比拟人们的读书境界，更为妥帖。丰子恺先生在《我与弘一法师》一文中说：

　　"我以为人的生活，可以分作三层：一是物质生活，二是精神生活，三是灵魂生活。物质生活就是衣食；精神生活就是学术文艺；灵魂生活就是宗教。

　　"'人生'就是这样的一个三层楼。懒得（或无力）走楼梯的，就住在第一层，即把物质生活弄得很好，锦衣玉食，尊荣富贵，孝子慈孙，这样就满足了。这也是一种人生观。抱这样的人生观的人，在世间占大多数。其次，高兴（或有力）走楼梯的，就爬上二层楼去玩玩，或者久居在里头。这就是专心学术文艺的人。他们把全力贡献于学问的研究，把全心寄托于文艺的创作和欣赏。这样的人，在世间也很多，即所谓'知识分子''学者''艺术家'。还有一种人，'人生欲'很强，脚力很大，对二层楼还不满足，就再走楼梯，爬上三层楼去。这就是宗教徒了。他们做人很认真，满足了'物质欲'还不够，满足了'精神欲'还不够，必须探求人生的究竟。他们以为财产子孙都是身外之物，学术文艺都是暂时的美景，连自己的身体都是虚幻的存在。他们不肯做本能的奴隶，必须追究灵魂的来源，宇宙的根本，这才能满足他们的'人生欲'。这就是宗教徒。世间就不过这三种人。"

　　世间的读书人，按层次或者说境界分，恐怕也"就不过这三种人"。其实那些推崇非功利性读书的人，也都是从功利性读书中走过来的，只不过是到了一定的"楼层"（至少已经进入一层了吧）以后，相对而言，他们读书似乎不必像以前那么迫切那么急功近利了，可以少功利甚至非功利了，仅此而已。笼统地讲，读书，无论你读什么书，是对自己有用的，还是自己感兴趣的；无论是为了开启心智雕塑自我，修身养性愉悦身心，还是为了求职谋生养家糊口；无论是为了到一层楼，还是二层楼、三层楼，归根结底，都是具有现实功利性的，只是迫切程度不同罢了。所以，功利性读书是个真命题，非功利性读书是个伪命题。书有千种，人有千种，读书的目的和感觉，亦有千种。无论是为谋生还是为谋心而读书，只要读书不是纯然为了做坏事，能让人们感觉活得更好、更有意义、更有价值，我以为，这就够了。

性情读书

清代文学家汪琬《传是楼记》说:"古之善读书者,始乎博,终乎约,博之而非夸多斗靡也,约之而非保残安陋也。善读书者根柢于性命而究极于事功:沿流以溯源,无不探也;明体以适用,无不达也。尊所闻,行所知,非善读书者而能如是乎?"说的似乎是"善读书者"功利的读书方法。

同为清代文学家的张潮写过一本"微博体"格言小品文集《幽梦影》,文笔清新自然,语言平易流畅,其中关于读书的描述,心游五表,不滞近迹,脱落形骸,寄之远理,令人无限神往。此种读书,似乎是"非功利"的,真正是一种生活状态。我实在珍爱至极,不烦摘录如下:

读经宜冬,其神专也;读史宜夏,其时久也;读诸子宜秋,其致别也;读诸集宜春,其机畅也。

经传宜独坐读,史鉴宜与友共读。

对渊博友,如读异书;对风雅友,如读名人诗文;对谨饬友,如读圣贤经传;对滑稽友,如阅传奇小说。

读书最乐,若读史书则喜少怒多。究之,怒处亦乐处也。

文章是案头之山水,山水是地上之文章。

天下无书则已,有则必当读;无酒则已,有则必当饮;无名山则已,有则必当游;无花月则已,有则必当赏玩;无才子佳人则已,有则必当爱慕怜惜。

少年读书,如隙中窥月;中年读书,如庭中望月;老年读书,如台上玩月。皆以阅历之浅深,为所得之浅深耳!

《水浒传》是一部怒书,《西游记》是一部悟书,《金瓶梅》是一部哀书。

凡事不宜刻,若读书则不可不刻;凡事不宜贪,若买书则不可不贪。

春雨宜读书,夏雨宜弈棋,秋雨宜检藏,冬雨宜饮酒。

诗文之体,得秋气为佳;词曲之体,得春气为佳。

虽说是一鳞半爪,偶识踪迹,但却蕴思含毫,游心内运,放言落纸,气韵天成,闪烁着智慧的光芒,读之获益匪浅、感受良多。这样的读书法,范畴广义,义理深玄,情趣盎然,却顺从性情,自然能使人轻松自如,欢畅惬意,尤其这些排比、粘连、对偶句式,游目骋怀,情辞迸发,独抒性灵,乃文人真性情也。

极度推崇《幽梦影》的林语堂先生是讲求性情,反对"功利性"读书的。他在《论读书》中说:"读书本是一种心灵的活动,向来算为清高。'万般皆下品,唯有读书高。'所以读书向来称为雅事乐事。"但是为了谋取功名利禄而读书,就非雅事乐事了,这在他是看不起的,因为这似乎非关读书本旨。林先生当然是有资格说这话的,因为,他任何时候好像都不必为谋生而读书。

被誉为"现代陶渊明"的中国台湾陈冠学先生,其描写田园生活的日记体自然散文集《田园之秋》,堪称中国版《瓦尔登湖》,他在该书《仲秋篇·十月二十三日》里谈到读书时说:"人们若见了我现时的读书情形,或许要追问其意义何在?若我答说只为读书而读书,人们一定会蹙眉的。此时若再不好好儿读读素所喜爱的书,也许这一时期一过,就没福分再读书了;就好像一般人常说的,不趁脚力还健,到处走走,一旦年老体衰,便心有余而力不足,坐困家门口了。读书是心灵世界的旅行,而且也是一种印证一种交通,不读书,自我心灵既无法得到印证,又无法与别的心灵交通——不论那心灵是存在于两千五百年前也罢,存在于当世也罢,结果便成了自我心灵的幽闭,那是很可怕的。有时与人交谈也可多少得到读书的效果,毕竟效果甚微,因为那些人的心灵未必是打开的,而且即使打开来了,也未必值得一睹。只有伟大心灵的景观,才能给人光明开阔的境域,而这样的心灵只存在于伟大的著作之中。康德写完《纯粹理性批判》,正在找不到理想的出路,读到卢梭的《爱弥儿》,才打开下一部《实践理性批判》。往往一句话,或一种景象,就足以令人解悟,而这些只在伟大的著作与自然的启示之中方能见到。"读书是心灵世界的旅行,就像人脚力尚健时得到处走走,看看别样的风景,不至于以后脚力不济时坐困于家门口一样,人也该趁心有余力时多去看看伟大心灵的景观。这恐怕也正是我尽量集中心力多读好书的缘起吧。

多去看看伟大心灵的景观

众所周知，苏东坡是一个有闲适和超然境界的读书人。他有一首《自题金山画像》六言诗云："心似已灰之木，身如不系之舟。问汝平生功业，黄州惠州儋州。"

苏东坡一生，仕途蹭蹬，三次被贬，流放异地，先是湖北黄州，再是广东惠州，最后一站是海南岛上的儋州。一处比一处远，一处比一处荒凉。临死的那一年，他才"遇赦北归"，从儋州回来，到常州居住。途经镇江金山寺时，发现庙堂之上，十年前李公麟为自己画的坐像还在，顿时老泪纵横、百感交集（保留这幅画可是要冒着杀头的危险呵！），于是，他挥笔写下了这首诗。这就等于对朝廷，还有那些政敌说，感谢你们这样对待我，正是因为你们这样的对待，才让我成就了如此盖世的功业！你看，他的心胸是多么的旷达、洒脱，真可谓是"九死南荒吾不恨，兹游奇绝冠平生"。

在苏东坡的宦海沉浮生涯中,最辉煌的时期应该是在杭州知州、礼部尚书、翰林学士任上。然而,他却把"平生功业"归于三个贬居的地方。想必在苏东坡的心里,"黄州惠州儋州",是他政治上最为失败,生活上最为苦难,而文学创作上却最为成功的时期。正是这三个具有代表性的地方,成就了他那伟大的人格和超然的人生境界。

元代诗人吕思诚有一首《戏题》诗云:"典却青衫办早厨,老妻何必更踟蹰。瓶中有醋堪和菜,囊底无钱莫买鱼。不敢妄为些子事,只缘多读数行书。严霜烈日皆经过,次第春风到草庐。"诗的前两联(首联、颔联)体现了作者甘于清贫、随遇而安、旷达自适的生活态度。作者通过鲜活的生活细节描写,用轻松诙谐的语气劝慰老妻,不妨先典当些衣物来换取食物,没钱不买鱼肉就是,只要有醋能调和些简单的菜蔬就行了。颈联是说诗人因读圣贤书领悟教诲,知敬畏而谨言慎行。尾联使用了象征(双关)手法。"严霜""烈日""春风"既实指自然环境,也象征作者的个人遭遇和所处的社会时代。这两句诗生动形象地表现了作者对艰难生活的淡然、对严酷社会的蔑视和乐观自信的人生态度。从中,我们不难看出,诗人的物质生活虽然极度贫困,但他的精神世界却十分丰盈,诗人闲适、超然、快乐、自在的读书生活跃然于字里行间。

法国作家、思想家罗曼·罗兰曾说:"世界上只有一种真正的英雄主义,那就是认清生活的真相后还依然热爱生活。"当一个人把人情冷暖都看透,还能保持对世界的热爱,才是真正的英雄主义。人们只有热爱生活,才能真正找到属于自己的快乐。

一个有闲适和超然境界的读书人,他的人生态度,用时下的话来说,就是"想得开"。"想得开",就是不计较过去,不畏惧将来,快乐生活在当下,对什么都通透。什么是通透?通透就是把苦难藏于心中,再绝望也要留一份希望;通透就是在平凡中发现生活的美好,对于不愉快的琐事,一笑而过;通透就是饱尝了人性的暴戾和恶毒后,仍然相信世间的善意;通透就是吃得下饭,睡得着觉,什么事情都拿得起、放得下,心胸开阔、气量豁达。

吃饭是为了维持生命,读书是为了丰富生命。英国诗人、政论家、民主斗士约翰·弥尔顿在《失乐园》一书中说:"意识本身可以把地狱造成天堂,也能把天堂折腾成地狱。"凡是能正向思考的人,就"想得开",就不会给自己添加不必要的压力。所以,我们理应多读有益身心的书。国学大师钱穆先生曾说,不妨择读拔高修养之书,多读《论语》《孟子》《老子》《庄子》《六祖坛经》《近思录》与《传习录》,因为中国传统的修养精义已尽在其中,读后能让人洗心革面、脱胎换骨,走上新的人生大道。的确如此,这些典籍所蕴含的人生哲学和处世之道,取其"一瓢饮",便足以让我们受用不尽。

"读书之乐何处寻?数点梅花天地心。"倘若读书没有幽净的心灵、清明的神智和高尚的境界,怎么能"绿满窗前草不除""起弄明月霜天高""迥然吾亦见真吾"?又怎么能用优秀的文化、丰盈的情怀、高雅的灵魂之光来照耀自己,陶冶自己,洗礼自己?

读书是心灵世界的修行,就像人脚力尚健时得到处走走,免得以后脚力不济行动不便,坐困于家门口心有余而力不足一样,人也要趁心有余力时多去看看伟大心灵的景观。

教育究竟是为了什么？

　　2015年诺贝尔文学奖获得者、白俄罗斯女作家斯维特兰娜·阿列克谢耶维奇在《切尔诺贝利的回忆》一书中说："一位曾在'二战'期间的德国纳粹集中营中遭受过非人折磨的幸存者，战后辗转到美国，做了一所中学的校长。每当有新教师来到学校，他都会交给新教师一封信。信中这样写道：'亲爱的老师，我是一名纳粹集中营中的幸存者，我亲眼看到了人类不应当见到的情境：毒气室由学有专长的工程师建造；儿童被学识渊博的医生毒死；幼儿被训练有素的护士杀害；妇女和婴儿被受过高中或大学教育的士兵枪杀。看到这一切，我疑惑了：教育究竟是为了什么？我的请求是：请你帮助学生成长为具有人性的人。你们的努力决不应当被用于创造学识渊博的怪物，多才多艺的变态狂，受过高等教育的屠夫。只有在我们的孩子具有人性的情况下，读写算的能力才有其价值。'"

这位校长在信中所列举的事实和提出的请求,使人深感沉痛和震撼! 它告诫人们,一切教育,重中之重,或者说,最首要的任务,是对人进行人性的教育! 如果教育只是把一个人培养成为科学家、工程师、文学家、学者,却不把一个人培养成为有人性、有道德、有同情心、有公平正义情怀的人,那么这样的教育不但不是人类文明之福,反而是人类文明之祸!

教育的本质究竟是为了什么? 我以为,教育从来不是将人"工具化"的培养活动,其价值指引也不是让人简单追求"功成名就",它的本质在于完善人格和锤炼能力,让受教育者找到真正适合自己的人生道路,并实现其所追寻的人生价值。正如著名教育家蔡元培先生在《教育独立议》一文中所说:"教育是帮助被教育的人,给他能发展自己的能力,实现他的人格,于人类文化上能尽一分子的责任;不是把被教育的人,造成一种特别器具,给抱有他种目的的人去应用的。"从终极意义上说,教育不仅是文化的传承、真理的探索、智慧的启迪和人才的培养,而且更是人性的善化、人心的净化、人生的美化。因为,人的一生,最重要的,是追求真善美慧,完善精神品格,提升道德境界,实现利己利人,做最好的自己。所以,教育的目的,就是通过他律与自律,培养一个有信仰、有道德、有爱心、有能力、人格健全、乐业敬群、乐于助人、有益社会的人。

法国著名社会心理学家古斯塔夫·勒庞在其著作《乌合之众》中说:"一个国家为其年轻人所提供的教育,可以让我们看到这个国家未来的样子。"

为了国家和民族的美好未来,我们没有理由不关注年轻人的教育,没有理由不抓好年轻人的教育,没有理由不为年轻人提供更多更好的教育。

造就"人中人"

同事退休了,话别时,我对他说:"你解放了。"他说:"哪里解放得了。从今往后,我的任务,可以说是更加繁重了:既要负责接送孙女上学、上课外补习班,还要做点自己想做的事情。"我说:"现在的孩子,从小学甚至幼儿园开始,就被家长逼着上各种各样的培训班、补习班,学这学那,真是太辛苦了。"他说:"吃得苦中苦,方为人上人啊。再说,大家都这么做,你不做,会落伍的,不能让孩子输在起跑线上。"

这使我联想到一则寓言故事,它很能引起人们对当前社会的教育问题的思考。这故事是说,有一天,许多动物聚集在一起开会,讨论学校的课程。兔子说跑重要,一定要列入课程;鸟儿说飞翔重要,一定要列入课程;老鼠说挖洞很重要,也一定要列入课程。最后,他们把各自认为重要的技能都列入课程,强制他们的孩子学习。结果鸟儿的飞翔课本来应该考甲等的,后来,为了学习用翅膀挖洞,把翅膀给弄坏了,它既没有学会挖洞,连飞翔也只考个丙等;兔子为了学飞翔,从树上跌落而骨折,它不但飞不成,连它最擅长的赛跑也出了问题。这种教育的结果,没有一个孩子根据自性去发挥成长,反而都受到创伤,弄得垂头丧气。

现代的教育,早已被极端功利主义所绑架,一味强调功利及升学竞争,只重视"物质人"教育,不重视"精神人"教育,漠视孩子们的个性,让他们在同一把功利价值尺子下相互比较竞争,而忽略开拓他们内在的精神生活。结果,所培养出来的人,既不能满意自己,又不懂得尊重别人,更不能让社会满意。于是,整个社会普遍弥漫着人云亦云的从众习气、"一窝蜂"的追逐热潮和物欲主义的恶俗倾向,因为人们缺乏独立自由的判断、完全属于自己的价值取向和健康丰富的内心世界。

我们的教育究竟要造就什么样的人?这本来应该是非常清晰、毫无疑义的,就是要造就一代代具备"独立、自由、包容、开放、诚实、守信、善良、谦卑"等品格的人。他们能自食其力、利己益人、造福社会,在平凡的工作、生活中展现美好的心灵,实现自身的人生价值。这样的人,用著名教育家陶行知先生的话来说,就是"人中人"。陶先生生前曾勉励自己的孩子们说:"既不做人上人,也不做人下人,而要做'人中人'。要把自己所学得的东西贡献给老百姓。"

老实说,家庭和普及教育的基本使命,就是要造就这样的"人中人",而不是"人上人",或者说天才和超人。社会上,天才和超人毕竟是凤毛麟角,他们能否横空出世,受天赋、机会、时代、制度、环境等诸多因素的影响和制约,不是教育所能把握的,更不是教育所要担负的,尤其不是家庭和普及教育所担得起的责任。而"人中人",则完全是一个可以期望和实现的目标。

"人中人",既不高人一等,也不矮人一截,他们是大众中的一员,平平凡凡,普普通通,堂堂正正。但可贵的是,他们能了解自己,接纳自己,清楚自己是什么人,能做什么,不能做什么;也能了解别人,接纳别人,尊重别人,与别人友好合作,与大众和睦相处;既不妄自菲薄,也不妄自尊大,能凭着人类对真善美的理解去判断世界万事,做好自己的工作,过好现实的生活,而不是一味地往功利的幻影中去钻营,完全沦为物欲主义、机会主义、利己主义的囚徒。

从当前情形看来,造就"人中人",无疑还是一种美好的教育理想,与现实之间还有着巨大的差距。当社会大众还普遍怀着让自己的孩子成为"人上人"的梦想时,这样的教育理想自然无法实现,这不仅是体制性的限制,还有整个社会基本认知水平的限制。虽然短期内这种状况恐怕还很难得到根本改变,但我们也应该抱持乐观的态度。因为,美好的理想总是值得我们为之向往和努力追求的。

人往低处走

　　国人皆盼望自己的孩子能够出人头地,为了孩子的未来,为了不让孩子输在所谓的"人生起跑线上",长期以来,家长们可谓是煞费苦心,"为孩子的终身幸福奠基",从孩子上幼儿园开始,便八仙过海,各显其能,想尽办法让孩子入名校、拜名师、搞培训、学技能。孩子的每一步成长,都在家长的精心筹划和严格管控之下,这种为了孩子的所谓幸福而施加的控制行为,常常被誉为对孩子的尽责而赢得社会的赞许和效仿。实际上,这种对责任的机械式理解,以及对孩子自由的过度管束,恰恰反映了家长和整个社会一味追求功利的扭曲心理。

　　毋庸讳言,我们的教育正面临着一场极大的灾难,它的根源是功利和野心。我们惯于通过金钱、权势和社会地位来看人,这样的思想贬抑了人的潜能、创意、尊严和自信,使许多莘莘学子觉得沮丧,觉得被否定。负责教导的父母和老师,却总是忽略了指引他们走出自己的路。当然,整个教育体制更缺乏这样的理念。

最能反映国人功利化教育理念的一句话,就是众所周知的"人往高处走,水往低处流"。我倒觉得,"人往低处走",才是人生更重要的追求,才是更值得追求的追求。因为,"人往低处走",则说明这个人已不再热衷于追求功名利禄了,已基本解脱名缰利锁的束缚了,他(她)在心灵上就更加自由和强大了。孔子曾是"丧家之犬",苏格拉底被判了死刑以后,便喝下了毒药。他们当年都没有成为风光无限的人,却成了功传千秋、光耀万代的世界教育的先驱和楷模。我深信,人类最本质的追求,是心灵的全面发展和自由。教育,就是要理解并拥有一切能通过时间考验的真善美的东西,而不是其他。其他的任何东西,都会随着时间的流逝,化为废墟,化为灰烬,化为乌有。即便人身,亦复如是。唯有心灵,方可永恒。心灵的真善美,才是教育所要追求和达到的真正的目标。

睿智者说:心非物质,没有形象,无有边际。人的心灵超越人的肉身,它的丰富性、神秘性、深邃性和无限性,远非肉身可以比拟。肉身是可以解剖的,但是心灵无法解剖。人的心灵,是人最本质的属性,人正是因为有了心灵,而才称其为人。

美国作家爱默生先生对心灵有着这样的阐释:"对所有的个人来说,世间只有一个共同的心灵……世界万物的根源都在人里面,真正的诗歌就是诗人的心灵,真正的船只就是造船的人。"

印度诗人、哲学家泰戈尔先生曾说:"孩子们的潜意识比他们的显意识智力更为积极……潜意识的认识能力完全与我们的生活合一。

它不像一盏可以被点亮并从外部调节的灯,而像萤火虫所具有的那种通过生命过程放出的光线。"这个比喻,实在是太精彩了。教育就是要创造千千万万这种"活的萤火虫",而不是制造出一盏盏规格、型号一致的"死的灯"来。灯没有电或油,就不会发光,而萤火虫自己体内就会发光,它本身就是发光源、发光体。

泰戈尔先生还说:"我们的教育宗旨必须是人的最高目的,即灵魂最全面的发展和自由。""教育的目标是心灵的自由,这只能通过自由的途径,才能达到,自由就像生活本身一样是有危险和责任的。"

谁都希望自己和自己的孩子拥有一个幸福的人生,但真正幸福的人生从何而来?法国作家纪德先生说得很精辟:"一生的四分之三时间在筹备幸福中过去;但是也不要以为,最后四分之一时间就可以幸福了。这种筹备已经深深地养成习惯,为自己筹备完了之后,又要为别人筹备,因此,享福的最好时机就推到死后了。这就是为什么,人特别需要相信永生。大智者就会领悟,真正的幸福用不着准备,或者至少,只要一种内心的准备。"我以为,这种"内心的准备",就是教育和修行,就是"人往低处走"——淡泊名利欲望,提升心灵境界,真正实现心灵的自由和强大。

没有人能随随便便成功

世人多以为苏轼的才华全凭天赋,却鲜知其努力和勤奋。苏轼晚年时曾对弟子王古说:"我每读一部经典,都会从头抄到尾。"

南宋学者陈鹄在所著《西塘集耆旧续闻》中记载了一则"苏轼抄书"的故事:

苏东坡被贬谪为黄州团练副使期间,和司农(掌管钱粮的官职)朱载上结为知己。一天,朱司农登门拜访他,等候了很长时间,苏东坡才出来接待。看到朱司农,苏东坡带着歉意说:"刚才因为在做一些每日都要做的功课,所以没能及时来接待你,真是抱歉。"朱司农便请教苏东坡,他的"日课"是指什么? 苏东坡回答:"我所做的'日课'是抄《汉书》。"

朱司农听后很是疑惑,说:"凭先生这样的天才,打开书看一遍,便可以终身不忘,哪里还用得着手抄呢?"苏东坡答道:"不是这样的。我读《汉书》,到现在总共已经手抄过三次了。最初读每一段要抄三个字为标题,之后变为抄两个字,而现在只要抄一个字了。"朱司农又请教说:"不知道先生肯不肯把所抄的书给我看看。"苏东坡随即命人取来一册手抄书,朱司农看后不解其意。苏东坡说:"请你试着列举标题一个字。"朱司农照他所说而做,苏东坡就应声背诵几百个字,没有一字差错。一连几次,都是这样。朱司农心悦诚服地赞叹了好长时间,说:"先生真是被贬谪到人间的仙才啊!"后来,朱司农将这件事告诉了儿子朱新仲,并感叹说:"东坡先生尚且如此勤奋,我们平常智力的人还有什么理由不勤奋读书呢?"而朱新仲又以此来教育自己的儿子朱辂。

"提一字便能应声背诵几百个字",是苏东坡力行"钩玄提要"读书法的显著成果。他通过抄书做读书笔记,用自己的语言加以概括,提取要领,钩其主旨,沉浸浓郁,含英咀华,不但熟记了文章内容,而且还吃透了文章精神。他把抄书作为"日课",可见其持之以恒,用功之深。其实那时的他,早已遐迩闻名,却仍然如此勤勉刻苦。他能够成为中国文化史上诗词、文章、书法、绘画皆出类拔萃的旷世奇才,罕见的多面手,恐怕不得不说,与他一贯严谨、勤奋的治学态度,是密不可分的。

南宋著名诗人陆游有一首题为《能仁院前有石像丈余,盖作大像时样也》的诗云:"江阁欲开千尺像,云龛先定此规模。斜阳徙倚空三叹,尝试成功自古无。"诗题及前两句诗说,当年(唐朝开元初年),海通和尚确定开凿乐山凌云山大佛这一宏誓大愿之后,先在能仁院前凿了个大佛的小样,作为雕塑大佛取法的蓝本。"云龛先定此规模",概述了佛龛、佛像的尺寸,比例和取法的程式,样板以及筹划的过程。言下之意是,这些还只是意象功夫,要使它成为现实,谈何容易!接下来,诗人讲他面对大佛样本时所做的思考与论断。"斜阳徙倚空三叹",是说诗人看到这个样本佛像时,在斜阳下往复徘徊,感叹再三。他从凌云山大佛的开凿历时九十年,经过三代工匠艰辛拼搏,方始大功告成这一史实,深刻认识到,成功原非偶然,是不断努力、反复探索与实践的结果。并就此引出了最后一句断语——"尝试成功自古无"——设想浅尝辄止、一蹴而就,一举完成宏图伟业,这是自古以来所绝对没有的。胡适先生在《逼上梁山——文学革命的开始》中说:"陆放翁这首诗大概是别有所指,他本意大概是说:小试而不得大用,是不会成功的。"

应该说,上苍制定的成功法则是公平的,而且绝大多数情况都是这样:你若想实现某个宏愿,你就必须为它付出超乎寻常的努力和汗水。就像那首经典歌曲《真心英雄》里所唱的:"把握生命里的每一分钟,全力以赴我们心中的梦,不经历风雨,怎么见彩虹,没有人能随随便便成功。"

努力铸就实力,实力成就梦想,成功绝非偶然。

勇于走出"舒适区"

朱光潜先生当年在《朝抵抗力最大的路径走》一文中说:"我觉得不但在文艺方面,就在立身处世的任何方面,贪懒取巧都不会有大成就,要有大成就,必定朝抵抗力最大的路径走……我们涉身处世,随时随地目前都横着两条路径,一是抵抗力最低的,一是抵抗力最大的。"朱先生所谓的"朝抵抗力最大的路径走",其寓意就是人要敢于追求,敢于克服困难,艰苦奋斗,才能取得成功,才能体现生命的价值。他认为,旧中国社会腐败的根源,一切都由于懒。"懒是百恶之源,也就是朝抵抗力最低的路径走。"

人在安逸的环境中,很容易对日复一日的生活感到麻木、倦怠,对轻车熟路的工作敷衍了事,对眼前的事情提不起兴趣,久而久之,便会变成那只沉湎于温水中的青蛙。我们要想让生命活得有尊严、活得有精神,活出高质量、活出新活力,就要时刻惕厉自己,不能懒惰,不能懈怠,更不能堕落、沉沦,要自发、自觉地寻找一些利己利人的有意义的事情来做,要有勇气、有能力进入新的环境,勇于"朝抵抗力最大的路径走",努力在新事物中激活自己、刷新自己、提升自己。

孟子曰:"生于忧患,死于安乐。"欧阳修云:"忧劳可以兴国,逸豫可以亡身。""有志诚可乐,及时宜自强。"万科集团创始人王石先生说:"要想自强,就得让自己不舒适。"我们唯有把勤奋和自省作为一种习惯,努力克服不足,不断发挥优长,勇于走出"舒适区",才能让自己的人生更加精彩。

与懒惰"离婚"

　　著名美学大师朱光潜先生当年在《朝抵抗力最大的路径走》一文中说:"我们涉身处世,随时随地目前都横着两条路径,一是抵抗力最低的,一是抵抗力最大的。比如当学生,不死心塌地去做学问,只敷衍功课,混分数文凭;毕业后不拿出本领去替社会服务,只奔走巴结,夤缘幸进,以不才而在高位;做事时又不把事当事做,只一味因循苟且,敷衍公事,甚至于贪污淫逸,遇钱即抓,不管它来路正当不正当——这都是放弃抵抗力最大的路径而走抵抗力最低的路径。这种心理如充类至尽,就可以逐渐使一个人堕落。我当穷究目前中国社会腐败的根源,以为一切都由于懒。懒,所以苟且因循敷衍,做事不认真;懒,所以贪小便宜,以不正当的方法解决个人的生计;懒,所以随俗浮沉,一味圆滑,不敢为正义公道奋斗;懒,所以遇引诱即堕落,个人生活无纪律,社会生活无秩序。知识阶级懒,所以文化学术无进展;官吏懒,所以政治不上轨道;一般人都懒,所以整个社会都'吊儿郎当'暮气沉沉。懒是百恶之源,也就是朝抵抗力最低的路径走。如果要改造中国社会,第一件心理的破坏工作是除懒,第一件心理的建设工作是提倡奋斗精神。"

俄国作家契诃夫在《我的她》一文中写道:"我的父母和长官非常肯定地说,她比我早出生。我不知道他们说的是否正确,只知道我的一生没有哪一天不属于她,不受她的驾驭。她日夜不离开我,我也没有打算立刻躲开她,因此,我们之间的关系是紧密的、牢固的……但是,年轻的女读者,请不要忌妒……这令人感到亲密的关系给我带来的只是不幸。我的她日夜不离开我,不让我干活。她妨碍我读书、写字、散步,尽情地欣赏大自然的美……我为她,为她对我的依恋而牺牲了一切:前程、荣誉、舒适……多亏了她的关心,我穿的是破旧的衣服,住的是旅馆的便宜房间,吃的是粗茶淡饭,用的是掺过水的墨水。她吞没我所有的一切,真是贪得无厌! 我恨她,鄙视她……我早就该同她离婚了,但是直到现在还没有离掉,这并不是因为莫斯科的律师要收四千卢布的离婚手续费……我们暂时还没有孩子……您想知道她的名字吗? 请您听着……这个名字富有诗意,与莉利亚、廖利亚和奈利亚相似……

"她叫懒惰!"(注:俄语"懒惰"发音与莉利亚、廖利亚和奈利亚发音相似。)

从风格截然不同的上引两文中,我们恐怕不难发现,字里行间的几个共同之处:其一,懒惰时时在人身边。其二,懒惰的诱惑力、渗透力极强。其三,懒惰对人、对社会的危害极大,它可以使个人堕落,使社会腐败。正如法国古典作家拉罗什富科所言:"懒惰虽然柔弱似水,却常常把我们征服:它渗透进生活中一切目标和行为,蚕食和毁灭着激情和美德。"其四,意志力薄弱的人,要离开懒惰很难。这就告诉我们,与懒惰做斗争,确实是一件既紧迫又艰难的事情。

好在古今中外不少先哲贤人,早已充分体认到了懒惰的危害性和克服懒惰的重要性、必要性,也提出并践行了不少戒懒倡勤的办法。明代理学巨擘陈白沙,学尚知行合一,为世所重。致仕后,渔樵耕读,自得其乐。晚年讲学于故乡白沙里之春阳台,一时学者云集。因见读书子弟,渐趋好逸恶劳,徒托空言,而不能躬行实践,遂作《戒懒文示诸生》:"大禹为善鸡鸣起,周公一饭凡三止,仲尼不寝终夜思,圣贤事业勤而已。昔闻凿壁有匡衡,又闻车胤能囊萤,韩愈焚膏孙映雪,未闻懒者留其名。尔懒岂自知?待我详言之:官懒吏曹欺,将懒士卒离,母懒儿号寒,夫懒妻啼饥,猫懒鼠不走,犬懒盗不疑。细看万物乾坤内,只有懒字最为害!诸弟子,听训诲,日就月将莫懈怠,举笔从头写一篇,贴向座右为做戒。"文辞深入浅出,以事说理,以圣励凡,以勤惕懒,催人勉旃。

朱熹《朱子语类》云:"为学须先立志。志既立,则学问可次第着力。立志不定,终不济事。"我以为,戒懒的关键也在于立志。立志是事业的起点,正所谓"有志者事竟成"。让我们立志与懒惰"离婚",与勤奋"联姻",身体力行,以勤补拙,以勤养德,以勤敬业、精业吧!

做最好的自己

朱光潜先生在《朝抵抗力最大的路径走》一文中说："生命就是一种奋斗,不能奋斗,就失去生命的意义与价值;能奋斗,则世间很少不能征服的困难。古话说得好,'有志者事竟成'。希腊最著名的演说家是德摩斯梯尼,他生来口吃,一句话也说不清楚,但他抱定决心要成为一个大演说家,他天天一个人走到海边,向着大海练习演说,到后来居然达到了他的志愿。"

德摩斯梯尼的例子,不但生动地诠释了朱光潜先生所极力倡导的"朝抵抗力最大的路径走"的奋斗精神,而且有力地印证了"有志者事竟成"这句中国古话,同时,也潜在地印证了中国的另外几句古话:"天道酬勤""勤能补拙""笨鸟先飞""一勤天下无难事"。

从中,我们不难看出,成功的人并不是运气特别好,也不是比别人更聪明,而是比别人更勤奋,比别人付出更多的努力。人世间,大家都想过好日子,都想实现自己的梦想,都想成功,可是,不是每一个人都会成功。没有成功的人,不是没有努力,而是没有尽力。一口井,总要挖到水,才叫成功,在没有挖到水之前,不管挖了多深,都还不能叫成功。《诗经》上说:"靡不有初,鲜克有终。"很多人一开始也是兴致勃勃,十分努力,可是却经不起一再的挫败的打击,结果是功亏一篑。

天下没有免费的午餐,想要收获,就得付出。南怀瑾先生说:"你不管做不做得成功,只要你肯立志,坚定地去做,做到什么程度算什么程度,这便是真正的努力。"既然天下没有免费的午餐,那么人们就要恪守本分,以勤勉为根。如果将一个人的人生比喻成一棵大树,那么,以勤勉为根和以懒惰为根,两者届时开出的花、结出的果,毋庸置疑,肯定是不一样的。既然知道天下没有免费的午餐,那就不要做守株待兔、异想天开之事。

学习是勤奋的模样,是成功的基础;学习是最好的成长,是进步的动力;学习是人生的首要大事,而且是一辈子的事情,因为,活到老,学到老,学不了。人生有太多需要学习的事情,尤其是当今信息时代,科技发展日新月异,世事变迁快速多端,不能跟上社会进步的人,就会有被淘汰的危险。读书人永远是年轻的。一个随时抱持虚心学习的人,一定充满对生命的好奇、新鲜和乐趣。所以每天再忙,我们也一定要有时间做一些可以增长见识与能力的事情,不要给自己的懒惰找借口。把学习当成生活的一部分,理应是最好的选择。

我知道自己不可能成为一个叱咤风云的人物,但我懂得:要在喧嚣的浮躁中守住自己的宁静,在时尚的氛围中守住自己的纯朴,在物欲的浊流中守住自己的清明，在慵懒的环境中守住自己的勤奋。正因为我知道我不可能成为大人物，所以我只想做到自己——做一个最好、最本色、最勤奋的自己。

美国诗人道格拉斯·马洛奇先生在《做最好的自己》一诗中说："如果你不能成为山巅的劲松，就做一棵山谷中的小树吧！但要做一棵溪边最好的小树。如果不能成为小树，就做一丛灌木吧！如果不能成为灌木，那就做一片小草地，给道路带来一点生气！成败不在乎大小，只在乎你是否已竭尽所能。"一个平凡人的人生追求，我想，恐怕就是脚踏实地，"朝抵抗力最大的路径走""竭尽所能"——"做最好的自己"，而不是好高骛远，自吹自擂吧？

做好眼前那件事

宋朝无门慧开禅师《颂平常心是道》诗云：

> 春有百花秋有月，夏有凉风冬有雪。
> 若无闲事挂心头，便是人间好时节。

这是一首知名度很高的禅诗，即使不懂禅的人，恐怕也能品味出它的妙处，因为这实在是一首简单而有智慧的好诗。

有人也许会想，这谁不知道，还用你饶舌？但是，知道后你曾在当下真正体会过它的美感，领略过它的滋味吗？或者还是夏天时渴望冬日的白雪，冬天时又向往夏天的艳阳？为什么我们总是不能在拥有时就欣赏当下的美好，而常常在时过境迁后再来怀念甚至追悔抱憾呢？因为我们有"闲事挂心头"，老是"身在曹营心在汉"，做这想那，不能实实在在地活在当下。

禅师李元松曾说:"只要做好一件事就开悟了。就是眼前那件事。"这句话听起来很诡异,其实不然。因为永远地做好眼前那一件事,就等于做好了所有的事。智慧的心钥就在这里!只要随时随地做好一件事,自然就能一以贯之,做好所有的事。

无独有偶,英国哲学家卡莱里说:"最重要的,就是不要去看远方模糊的未来,而是动手清理手边实实在在的最具体的事情。"是啊,不论多么远大的理想,都需要一步步实现啊;不论多么浩大的工程,都需要一砖一瓦垒起来啊。那些远大的理想,应该让他们高悬在未来的天空里,最紧要的,是把手边的每一件具体事做好,让自己时刻生活在今天。

做好眼前那件事,欣赏眼前那一刻,实实在在地活在当下,无论是李元松禅师、无门慧开禅师,还是哲学家卡莱里先生,其实讲的都是同一个道理,真可谓大道至简。

真正的道,是安放自己的心,而这份心安,来自于自心内在的力量。所谓得道即安心,心安了,便是道,心不安,便没有道。道的真谛不在于万法圆融,而在于气定神闲、淡泊宁静。静,是我国古人推崇的大智慧。《道德经》上说,静为躁君。静能克服人身上的躁气。《大学》云:"静而后能安,安而后能虑,虑而后能得。"可以说,静是安定、思虑和有所得的基础。极度宁静,足够专注,既是道的前身,也是成事的基础和保证。

不管做什么事情,想要做好,都要宁静、专心。只有把所有的心思和精力集中在当下，专注于事物本身而不去想其他的东西，才可能把事情做好。如果心不在焉，做这想那，手里做着今天的事，心里想的却是昨天的遗憾，或者明天的担忧，那么不仅没有一个好心情，而且连手上正在做的活也做不了、做不好。这样，不仅搅乱了情绪，还耽误了工作。聚精会神，专注于当下，把今天的、手头的、眼前的这件力所能及的事情做好，就是最大的道。

做好自己不喜欢的事

你一定常听人家说"去做你自己喜欢的事",却鲜少有人告诉你"去做好你自己不喜欢的事"。我发觉成功与失败的分野就在这里;那些能努力做好自己不喜欢的事的人,常常精神抖擞,奋发向上,得到幸运之神的青睐。

自从乔布斯讲了要去做自己喜欢的事之后,越来越多的人在鼓励他人追求成功时都会强调,去做你自己喜欢的事。久而久之,这句话好像是成功的真经了。甚至,"不喜欢自己正在做的事",已成为某些学生向老师、儿女向父母、职员向老板理直气壮地解释自己不认真、不努力做事的理由。

人生之旅,如逆水行舟,哪由得你喜欢不喜欢。且不说选择了不喜欢的事,即便是选择了喜欢的事,要取得最后的成功,也要从做不喜欢的事开始。做不喜欢的事才是成功者的常态。就说乔布斯吧,他喜欢改变世界,但在这个过程中的种种遭遇,难道都是他喜欢的吗?

事实上,大多数人的不成功,并不是因为没有做自己喜欢的事,而恰恰是因为做了太多自己喜欢的事,比如,喜欢轻松,喜欢热闹,喜欢知难而退……而那些成功者,他们内心深处也一样不喜欢辛劳,不喜欢孤独,不喜欢遇到麻烦,但他们都去做了,咬着牙也去做了。因此,越是坚持不懈地为实现自己的梦想而努力做好自己不喜欢的事的人,越能成功。

曾经读过美国著名商业巨擘约翰·洛克菲勒写给儿子的《天堂与地狱比邻》这封信,其中的一些内容,至今想来,仍非常鼓舞人心。洛克菲勒在信中谈道:"如果你视工作为一种乐趣,人生就是天堂;如果你视工作为一种义务,人生就是地狱。"我以为,这句话,对于职场中的"不喜欢自己正在做的事"的年轻员工们来说,有着特别深刻的意义。年轻人在如今这个浮躁、喧嚣的社会中工作,梦想容易被个人好恶和眼前利益所困扰,而导致把工作当成一种任务、一种负担,产生疲惫、抱怨、消极、敷衍甚至怠慢等负面情绪和行为。洛克菲勒年轻时对待工作的高度热情,尤其值得如今那些"不喜欢自己正在做的事"的年轻人学习。他在回忆自己所做的第一份工作——簿记员的经历时说:"那时我虽然每天天蒙蒙亮就得去上班,而办公室里点着的鲸油灯又很昏暗,但那份工作从未让我感到枯燥乏味,反而很令我着迷和喜悦,连办公室里的一切繁文缛节都不能让我对它失去热心。"

对待工作的态度,决定你快乐甚至成功与否。同样一份工作,有的人看作是负担,有的人看作是任务,有的人看作是实现自己梦想和价值的途径。毫无疑问，前两种人会感觉"心累"，因为他们工作只是为了养家糊口或完成任务，所以常常感到精疲力竭。而第三种人，则会把工作当成一种事业、一种追求、一种乐趣，不论工作成就大小，他们都会感到快乐。因此，端正工作态度至关重要。

现实中，我们绝大多数人都无法选择自己所喜爱的工作，有的时候，工作中难免还会遇到这样那样的挫折、困难、矛盾、压力和不如意。其实这才是生活的常态，但它们不能成为我们敷衍了事、消极怠工的理由。遇到困难和烦恼时，我们应及时调整对待工作的态度，强化对工作价值、工作意义的认识，发掘工作的乐趣，培养工作的热情，树立敬业乐业的精神。如果抱着只想享受而不想努力的心态去工作，那将永远也得不到真正的快乐和成功。

兴趣是可以培养的。人们往往不是因为喜欢一件事才能做好，而是因为想要做好或者做好了某件事，才更加喜欢它。我国近代物理力学奠基人、著名科学家钱伟长先生，19 岁时以中文和历史双百分的成绩考入清华大学历史系，但他的物理成绩却只有 5 分，我可以肯定地说，当时钱先生对理科并不擅长，更谈不上喜欢。但面对国难当头，他下定决心，克服困难，弃文从理，报效祖国。他说："祖国的需要就是我的专业！"他从擅长的专业转向不擅长的专业，咬定青山，孜孜以求，终于成为享誉世界的著名物理力学泰斗，其间支撑着他坚持不懈、努力奋进的无疑是伟大的爱国之情。这种把不擅长变为擅长，把不喜欢变为喜欢，进而取得辉煌成就的拼搏进取精神，永远值得人们学习和弘扬。

很多事物，起初我们可能并不喜欢，但是尝试过之后，才会品出它的味道。正如很多人本来并不爱吃芫荽或榴梿，但是品尝过之后，才真正知道它们的鲜美。可见，唯有通过尝试，努力做好自己不喜欢的事，方能有更多更大的收获。

只有先认真做好自己不喜欢的事，才有资格去做自己喜欢的事。因为，自律是一个人最可贵的品质。

知道自己不能做什么

　　盖茨基金会曾主办和组织过一场关于根除脊髓灰质炎（即小儿麻痹症）的峰会，盖茨亲自出席。然而在论坛召开的两天时间里，盖茨却没有上台讲一句话。他静静地坐在台下，安心做一个听众。

　　主持人在会议间隙对盖茨说："作为主办方，又出钱又尽心尽力，您应该上台讲话。"盖茨说："你是想让我上台出丑吗？我看还是算了，对于脊髓灰质炎，我了解得并不多，对于听众来说，我不能带给他们有价值的东西。时间应该留给这些我们请来的专家。他们提供的信息才有价值。"

　　一个人之所以伟大，不光是因为在某些方面超过了别人，更在于他永远懂得自己在哪些方面不如别人！盖茨对自己有清醒的认识，他的谦卑让人心生敬意。中国有句古话叫"所言不多于所知"。懂得和了解的事情可以说，也可以不说，但不懂得不了解的事情坚决不说。

一个人要保持清醒的头脑,才会对自己有清醒的认识。

我觉得,人最重要的是知道自己不能做什么,而问题在于,人们常常不知道有些事情是自己力所不能及的。人类发生的很多悲剧,往往就是因为人们缺乏这样的自知之明。

李白诗云:"秦王扫六合,虎视何雄哉!挥剑决浮云,诸侯尽西来。明断自天启,大略驾群才。收兵铸金人,函谷正东开。铭功会稽岭,骋望琅琊台。刑徒七十万,起土骊山隈。尚采不死药,茫然使心哀。连弩射海鱼,长鲸正崔嵬。额鼻像五岳,扬波喷云雷。鬐鬣蔽青天,何由睹蓬莱?徐市载秦女,楼船几时回?但见三泉下,金棺葬寒灰。"(《古风五十九首·其三》)

此诗虽属咏史,但并不仅仅为秦始皇而发。唐玄宗和秦始皇就颇相类似:两人都曾励精图治,而后来又变得骄奢无度,最后迷信方士妄求长生。《资治通鉴》载:"(玄宗)尊道教,慕长生,故所在争言符瑞,群臣表贺无虚月。"这种蠢举,结果必然是贻害于国家。可见,李白此诗是借秦始皇之古事,以讽唐明皇之今实的。

众所周知,秦始皇已经很了不起了。其伟大的历史功绩在于统一全国,并统一了文字、货币、度量衡、历法等等,建立了中国历史上第一个君主专制的、统一的、多民族的封建制国家,他创立的君主专制中央集权制度,是中国两千多年封建社会的基本政治制度,但秦朝最终还是走向了灭亡。你读《史记·秦始皇本纪》就会发现,他把天下削平,一国一国地消灭,然后把天下的道路都铺平,把万里长城修好,把天下兵器收起来,铸了十二个铜人,几口大钟,把十二万富户迁徙到咸阳,意欲消除反抗力量，使"天下莫予毒也已"，梦想将皇位传于万世。他想：你们如果要反对我的话，第一没有兵器，第二没有钱，有钱人我都让他们搬到咸阳来住，在眼皮底下看管起来了。要钱没钱，要武器没有武器，你们谁能反对我呢？他这样打着美妙的如意算盘，认为天下没有什么事情是自己所不能做的。之后，他对天下比较放心了，便想追求长生不老。但是，他算不到的两样东西，全都出现了。第一，他一死，天下就反了。反他的，用《史记》中的话来说，就是"斩木为兵，揭竿为旗"。反他的人是穷人，而不是富人。第二，想长生不老，根本不可能。他所想的，都压根儿做不到，实现不了。秦始皇之后的所有人，尤其是那些封建帝王，都一再地重蹈覆辙：不知道什么是自己所做不了的。这是人类的有限性所决定的，也正是人类的悲哀之所在。

弘一法师出家后，大画家徐悲鸿先生曾多次去山中看望。有一次，徐悲鸿先生突然发现山上已经枯死多年的树枝发出了嫩绿的新芽，很惊讶，便对法师说："此树发芽，是因为您，一位高僧来到此山中，感动了这棵树，它便起死回生。"这样的赞誉，让人听起来实在舒服。哪个修行的人不希望自己被别人看成是"得道者"呢？可弘一法师却说："不是的，是我每天为它浇水，它才慢慢活起来的。"

人，决不能陷于骄傲，一骄傲就会失去理智，就会变得固执、傲慢，甚至狂妄，就会丧失客观标准！所以，越是成就大、名望高的人，越要保持清醒：面对他人的赞誉而不得意忘形。徐悲鸿认为是弘一法师感化了树，弘一法师却没有顺杆爬，而是如实地讲出真相。不美化自己，实事求是，这才是真正的得道。

相对于外物，人最难认识的是自己。然而，越是难，我们越应该对自己有个清醒的认识。须知，人最重要的，不是知道自己能做什么，而是知道自己不能做什么——知道自己不能做什么，远比知道自己能做什么重要。

即知即行最可贵

王阳明说"知行合一"。如果说"知"是人的理想与认识,那么"行"则是行动与落实,两者不可偏废。从某种意义上说,"行"是更大的"知",无"行",一切都是空谈,毫无意义。

列夫·托尔斯泰说,每个人都是上帝咬过的苹果。谁都会有这样那样或多或少不好的生活习惯,若坏习惯多于好习惯,生活适应就会发生困难。若好习惯多于坏习惯,生活调适就比较容易一些。俗话说:"学坏容易学好难:学好三年,学坏三天。""良行三年三日破,恶习不改毁终身。"现实中,我们不难看到,有时人只要染上一种恶习,例如赌博、吸毒、酗酒,便会陷入泥淖而难以自拔。所以,每个人都要不断地检视和修持自己,努力养成良好的生活习惯。

南怀瑾先生说:"所谓修行就是修正自己的行为,从内在起心动念的心行,到外在的行为。"随时把错误的思想和不良的行为习惯革除,不断修正自己的"内在心行"和"外在行为",努力培养和完善正确的思维和行为习惯,自然能够日新又新,福慧增长。人们改正恶习最大的障碍或者说难题是"只说不做"。所谓"口念心不行"的人,永远提升不了自己的生活品质和精神境界;消极的人继续消极,不肯努力的人依然怠惰,堕落的人仍旧沉沦。所以,修行不仅要立大志、发宏愿,而且要花大力、下真功、使实招,持之以恒、久久为功。唐朝德山禅师说:"穷诸玄辩,若一毫置于太虚;竭世枢机,似一滴投于巨壑。"

读经而不修持与不读何异?拜佛而心不诚不净,拜了也得不到深度的启发和体验。念佛人如果不是口念心行,勤于修持自己,让自己福慧不断成长,只是偶尔念念,不肯踏实修持,就根本体验不到精进的法喜。

陆放翁诗云:"纸上得来终觉浅,绝知此事要躬行。"求知如此,修行亦然。要改正自己的错误就必须有具体举措,要心智成长就必须躬行实践,不可以随随便便,马马虎虎,得过且过。《虚云老和尚自述年谱》记载,虚云大师曾经给弟子们开示说:"昔日云南鸡足山悉檀寺的开山祖师,出家后参礼诸方,办道用功,非常精进,一日寄宿旅店,闻隔壁打豆腐店的女子唱歌曰:'张豆腐,李豆腐,枕上思量千条路,明朝仍旧打豆腐。'这时这位祖师正在打坐,听了她这一唱,即开悟了。……修行用功,贵在一心,各位切莫分心散乱,空过光阴,否则,明朝仍旧卖豆腐了。"显而易见,引发这位祖师开悟的,是"枕上思量千条路,明朝仍旧打豆腐"。学佛不肯行动,开不了慧眼,入不了法界;生活、工作若不肯即知即行,明天仍旧会瘫陷在困境之中,走不出来。

阿里巴巴集团董事局主席马云先生说："我觉得如果你真的想创业,就立即行动起来!我看了太多年轻人晚上想想千条路,早上起来走原路。"如果你只是一味地空想,不立即采取行动,给自己的梦想一个实践的机会,你将永远与成功无缘。

朱熹在《朱子语类》中云:"欲知知之真不真,意之诚不诚,只看做不做。"王阳明在《答顾东桥书》中曰:"真知即所以为行,不行不足谓之知。"成事在做,真知在行。要做到知行合一,必须即知即行。既不能静待,也不能坐观,更不能空谈。心动不如行动,想明白、认准了,就马上去做;说一丈不如行一寸,知道多少就做多少。中国台湾"经营之神"王永庆先生曾经说过:"能够成就事业的人,并不见得特别聪颖、能干,只是比别人多了一份决心,即知即行,而且贯彻到底。"

行动最具说服力。我并不信任诲人不倦、只说不行的大道理的传播者,在这个世界上,从来就不缺生产和传播道理的人,少的是真正身体力行——践行它的人。即知即行是人生最可贵的习惯,它促使我们茁壮成长,带给我们新的视野和希望,更重要的是,它助益我们成就庄严亮丽的人生。

慢慢走，欣赏啊！

　　不久前，随本单位人员外出旅游，对于某些同游的表现，我实在有些不以为然。

　　从决定出游的那一天起，他们便像小孩子盼望过年似的，成天乐颠颠的，忙着购这买那，将什么都张罗得一应俱全。到了出发这一天，他们穿着为出游而精心准备的衣服，戴着遮阳帽和遮阳镜，背着鼓鼓囊囊的行囊，里面除了各色行头，还塞着照相机、手机自拍杆等装备，以及大包、小包足够让自己吃上几天的各种美食，兴致勃勃地上路。但是，一路上，他们除了叽叽喳喳聊八卦、拼命吃零食，和每到一地搔首弄姿地拍几张照片之外，就像一群鸭子似的，只顾茫然不知所措地跟着导游，目不斜视、马不停蹄地匆匆赶路，即使有自主支配的时间，也顾不上静下心来，好好地欣赏一下身边的景色。当从一个景点转场去另一个景点，尤其是路途较远的时候，他们坐在车上，更是极不耐烦,七嘴八舌、议论纷纷、长吁短叹:将大把时间无谓地消耗在路上,是多么浪费、多么可惜啊!

如此出游,他们究竟是为了什么呢？难道这么郑重其事地出行一趟,仅仅就是为了匆匆地赶路和到路上来过过嘴瘾吗？

客观说来,其实这些,并不是我新近的独家见闻。放眼全国各地名目繁多、各式各样的旅游活动,不都是与此雷同的情景吗？前几年,社会上曾经流行过这样一个段子:"上车睡觉,下车尿尿,到点拍照,回家后别人一问,自己啥也不知道。"这岂不正是"中国式旅游"的真切写照？

著名美学大师、文艺评论家朱光潜先生在《"慢慢走,欣赏啊！"》一文中写道:"阿尔卑斯山谷中有一条大汽车路,两旁景物极美,路上插着一个标语牌劝告游人说:'慢慢走,欣赏啊！'许多人在这车如流水马如龙的世界过活,恰如在阿尔卑斯山谷中乘汽车兜风,匆匆忙忙地急驰而过,无暇一回首流连风景,于是这丰富华丽的世界便成为一个了无生趣的囚牢。这是一件多么可惋惜的事啊！朋友,……'慢慢走,欣赏啊！'"

"慢慢走"道出了劝告者那种悠游自在、怡然自得的生活态度,"欣赏啊"则传递了他们对周围美景的深刻感悟。"慢慢走,欣赏啊！"这句话,淋漓尽致地诠释了"风景这边独好"的殊胜意境。它与五代十国时期,吴越国王钱镠,因思念其回乡省亲的妃子而传书给她的"陌上花开,可缓缓归矣"的款款之语,竟如出一辙。由此可见,人同此心,情同此理,古今中外,概莫能外。

庄子在《知北游》中说："人生天地之间，若白驹之过隙，忽然而已。"人伴随着自己的哭声而来，又伴随着别人的哭声而走，匆匆几十年，不也正是一趟短暂而漫长的旅行吗？而行走在人生旅途，如果终日心为物役，劳碌不休，像一辆狂奔不歇的货车，一口气直达终点，途中一刻也不停留，岂不是枉费了沿途那连绵不断、绚丽多姿的美妙景致？

然而，司空见惯的是，芸芸众生为了不断地追名逐利，如飞蛾扑火般心急火燎地奔波在邯郸道上，以至于日子过得焦头烂额、索然寡味。

其实，人生真正的快乐，不是来自物质的享受，而在于精神的愉悦。说到底，物质只是为了满足生存的基本需求，够用就好；其他身外之物，即使再多再好，也不真正属于你，等到生命的终点，一切都将归零。如果说有真正属于你的东西，那就只有你的心灵。光从这一点上来说，人们如果只把时间都耗费在匆忙的赶路上，只顾埋头赶路而不驻足欣赏风景，只顾贪取名利而不修炼身心，其人生，该是多么枯燥乏味和可悲啊！

米兰·昆德拉说："人生旅程无非就两种，一种是只为了到达终点，那样生命就只剩下了生与死两点；另一种是把目光和心灵投入沿途的风景和遭遇之中，那么他的生命将会丰富无比。"如果将这段话拿来做人生考题，让人们做选择，我想，大多数人的答案恐怕都会是第二种。

岁月不居，人生苦短。我们何不抱持"不管风吹浪打，胜似闲庭信步"的乐观态度，让自己的脚步慢下来、再慢下来，尽情地欣赏人生旅途的风景呢？诚如美学家宗白华先生在美学花园里潇洒散步时所言："散步的时候可以偶尔在路旁折到一枝鲜花，也可以在路上拾起别人弃之不顾而自己感到兴趣的燕石。无论鲜花或燕石，不必珍视，也不必丢掉，放在桌上可以做散步后的回念。"而不要像墨西哥谚语所说的那样："我们走得太快了，把灵魂都弄丢了。"

诚然，人生旅途，并非全是阳光和坦途，但却也不乏鲜花遍野之路，我们行于其中，无论如何，都不能不"慢慢走，欣赏啊"。唯其如此，我们方能充分领略生命四季的轮回流转和灿烂绚丽，更好地收获心灵世界的欢愉慰藉和充实丰盈。

扫心地

　　境由心生。由此可知，爱由心生，恨由心生，情由心生，仇由心生，羡由心生，妒由心生，乐由心生，悲由心生，相由心生……一切的一切，皆由心生。

　　王阳明说，破山中贼易，破心中贼难。这话真说到点子上了。虽说人心都是肉长的，但这块肉实在博大精微，复杂无比，深不可测，玄不可言。

　　东野圭吾说，世上有两样东西不可直视，一是太阳，二是人心。

　　古斯塔夫·庞勒《群体心理学》和迈尔斯《社会心理学》告诉人们，每个人的心中都住着魔鬼，降伏心魔是每个人要修习的终身课题。人们除了受整个社会大环境影响之外，有时受身边的小环境影响甚至更大。这一真理，两千五百多年前孔圣人就已经发现了，他告诫人们：交友要慎重，切勿结交"偏僻、善柔、偏佞"的"损友"。而现实往往是，没有经历过深刻教训的人们，即使知道这一箴言，多数人也未必信奉。

有智者说，人生要有"拿得起"的本领，"放得下"的智慧，"看得开"的豁达。

我理解，"拿得起"，即"达则兼济天下"，是你有想干事、会干事，能担当、善担当的本领，是德配其位，能当其责，是不鸣则已，一鸣利人，是有了机会和舞台，就能真正地全心全意为人民服务。

"放得下"，即"穷则独善其身"，是你即使没有施展抱负的机会和舞台，怀才不遇，也不愤世嫉俗，牢骚满腹，玩世不恭；是你曾经在某个舞台上做出了显著的成绩，但出于种种原因，而不得已离开了那个舞台，虽居功至伟，受尽委屈，也不怨天尤人，而是隐忍不发，反求诸己，继续完善自我。古语云："塞翁失马，焉知非福。"自然界有"能量守恒定律"，纵观人的一生，从长远来看，又何尝不是"得失守恒"的？失之东隅，收之桑榆，有得有失，有放弃，有收获，如此，才构成了多彩有味的人生。

"看得开"，即能够看开，但不是看破。看开与看破是不同的，有区别的，绝对不是一回事。常听人说看破红尘，其实红尘是不能看破，也不可以看破的，因为一旦看破，人就会不思进取，消极无为。看开就是，相信人生没有过不去的坎，任何事情都会过去，万事浮云过太虚。我不会永远那么倒霉，这点晦气算不了什么，别人也一样会遭遇倒霉的事情，只是我不知道而已。有时人们总看见别人衣冠楚楚，谈笑风生，快乐自在，觉得这个人好像从来不曾有过什么烦恼。其实别人的烦恼，你又何尝知道。

人们常说做人应该保持一颗平常心，这话听起来很平常，但实际上却很不平常，要真正做到这一点，也确实不是那么容易的。如果无论发生什么事情，都能泰然处之，认为没什么大不了的，甚至能够做到临危不惧，这个人的境界就非同寻常了。说到底，这不仅仅是一个人的情绪控制和管理问题，而是人的"宁静"的功夫问题，是修养问题。

诸葛亮说："非淡泊无以明志，非宁静无以致远。"静，是一种气质，也是一种修养。静是要经过锻炼的，古人叫作"习静"。唐人王维诗云："山中习静观朝槿，松下清斋折露葵。"静，不是一味地孤寂，不闻世事。宋儒程颢诗云："万物静观皆自得，四时佳兴与人同。"唯静，才能观照万物，对于人间生活充满盎然的兴致。

以前曾作《习静》小诗自娱："人生情理两难全，身碌心闲是乐泉。春夏秋冬无不好，欣然怡悦自平安。""淡泊明志""宁静致远"的修为，这些年来，虽也一直未曾懈怠，但自我省视，事倍功半，收效甚微，差距仍然不可以道里计。

《扫地诗》云："扫地扫地扫心地，心地不扫空扫地。人人都把心地扫，世上无处不净地。""习静"是要"静心"，"扫心地"是要"净心"，"扫心地"是比"习静"更进一步的锻炼、更高一层次的修养，需下的功夫自然要更多更大。

美学大师朱光潜先生在《谈美》一书中写道："中国社会长久以来的衰乱，不完全是制度的问题，而是人心太坏。每一个人都贪求富贵，害己害人。而解决之道，不是靠道德家的几句话就管用，而是要从怡情养性做起。"他说："要求人心净化，先要人生美化。人要在饱食暖衣、高官厚禄之外，追求一些较高尚、较纯洁的生活。"追求生活的品位，要从知止做起，正所谓"事能知足心常乐，人到无求品自高"。

"恬淡平和清醒人，神闲气定有真魂。谋生喧嚣红尘里，种菊修篱在自心。"这是我多年以前写的《自勉》诗，自觉其中也有勉励自己"扫心地"的意思，可惜的是，至今"功夫不到家，修炼未升华"。好在如今，初心未改，仍然想继续好好打扫自己的心地，以期"时时勤拂拭，勿使惹尘埃"，怡情养性，净化内心——即使枉然，也一如既往，一以贯之，因为"扫心地"是需要终身努力的。

看淡世事沧桑

据《宋史·吕蒙正传》记载，吕蒙正宰相宽厚正直，对上敢于直言不讳，对下则宽容有雅量、不记他人之过。他刚担任参知政事（副宰相），进入朝堂时，有一位官吏在朝堂帘内指着他很不屑地说："这小子也当上了参知政事啊？"吕蒙正装作没有听见，便走过去了。与他同在朝班的同事非常愤怒，下令责问那个人的官位和姓名，吕蒙正急忙制止，不让查问。退朝以后，那些与吕蒙正同行的人仍然愤愤不平，后悔当时没有彻底追究。吕蒙正则说："如果知道那个人的姓名，就终身不能忘记了，因此还不如不知道那个人的姓名为好。不去追问那个人的姓名，对我来说，又有什么损失呢？"真所谓"将军额上能跑马，宰相肚里能撑船"。

"心小了，所有的小事就大了；心大了，所有的大事都小了；看淡世事沧桑，内心安然无恙。"此话虽然是距北宋近千年之后的丰子恺先生说的,却很好地诠释了吕蒙正宰相前番言行的精要。

清代金缨在《格言联璧》中云:"人之心胸,多欲则窄,寡欲则宽。人之心境,多欲则忙,寡欲则闲。人之心术,多欲则险,寡欲则平。人之心事,多欲则忧,寡欲则乐。人之心气,多欲则馁,寡欲则刚。"心是欲的容器,心大了,欲便稀释了,也即寡欲了。寡欲之境,便是仙境。

"采菊东篱下,悠然见南山",此乃五柳先生怡然自得之仙境;"行到水穷处,坐看云起时",此乃摩诘居士释然无为之仙境;"心未曾求过分事,身常少有不安时",此乃香山居士恬淡知足之仙境;"花底填词,香边制曲,醉后作草,狂来放歌",此乃弇山草衣坦然自若之仙境;"生如夏花之绚烂,死如秋叶之静美",此乃泰戈尔先生淡然守候之仙境。

哲人说:"心包太虚,量周沙界。"人若能把虚空宇宙都包容在心中,心量自然就能像虚空一样的广大。无论荣辱悲喜、成败冷暖,只要心量放大,自然就能够做到风雨无惊。要让心胸变大,唯一的办法,就是要学会看开。

对待事情的态度,往往因人而异。同样一件事情,在甲是小事,在乙就是了不得的大事。由此可知,事情的大小,不是由事情本身所决定的,而是由我们的心胸大小所决定的。如果心胸狭窄,就会小题大做,让矛盾变得复杂;如果心胸宽阔,就会大事化小,让事情变得简单。

英国诗人瓦特·兰德说:"我和谁都不争,和谁争我都不屑。"这便是看开了。电影《肖申克的救赎》中有句精彩的台词:"让你难过的事情,有一天,你一定会笑着说出来。"这也是看开了。有智者说:"心里放不过自己,是没有智慧,心里放不过别人,是没有慈悲。"

曾经听过一个比喻,说人生就像心电图,曲折坎坷,一旦变成了直线,生命便"Game over"。人生旅途,苦与乐、得与失、祸与福、悲与喜、赞与毁、成与败、生与死,总是相伴相随,经受得住多少曲折,才能配得上多少幸福。人生真正的从容,不是躲避纷争与喧嚣,而是平静地面对困惑与烦恼。

"八风吹不动,一屁过江来。"佛印和尚智戏苏东坡的故事,虽不能说是家喻户晓,但恐怕也不能说是知之甚少。无意于"掉书袋",只是欣赏世事的幽默。太阳底下无新事——乱哄哄,你方唱罢我登场,究竟何处是故乡?庄生晓梦迷蝴蝶,到底是庄周梦蝶,还是蝶梦庄周?诗仙李太白说:"浮生若梦,为欢几何?"

明代杨慎《临江仙》词云:"滚滚长江东逝水,浪花淘尽英雄。是非成败转头空。青山依旧在,几度夕阳红。白发渔樵江渚上,惯看秋月春风。一壶浊酒喜相逢。古今多少事,都付笑谈中。"

人生如梦,亦如戏。无论是谁,即使演技再好,演出结束时,他(她)也带不走舞台上的任何一件道具。正因为如此,为人处事,何必执着,何须分别,何用计较!可怜可叹的是,芸芸执迷不悟者,却总是在锱铢必较,睚眦必报!

长恨此生非我有,何时忘却营营?看开了,一切皆云淡风轻,何来猜忌多疑?何来赞我谤我?何来你高我低?何来争名夺利?

花到荼蘼春事了,方才争芳斗艳,转瞬即到荼蘼。人生之旅,亦复如是。倥偬一生,何以度过?能供我们选择作为快乐人生参考的先贤智慧,可谓汗牛充栋、俯拾皆是,但我最欣赏、最推崇的,还是明代洪应明《菜根谭》中的这一副对联:"宠辱不惊,闲看庭前花开花落;去留无意,漫随天外云卷云舒。"

自度方能度人

　　著名画家、学者陈丹青先生在《谁能救你?》一文中说:"我记得贾樟柯有一次接受采访时说,他在荒败的小县城混日子时,有很多机会堕落,变成坏孩子,毁了自己。这是诚实的自白。我在知青岁月中也有很多机会堕落,破罐子破摔。

　　"刚才有年轻人问:'谁能救救我们?'我的回答可能会让年轻人不舒服:这是奴才的思维。永远不要等着谁来救我们。每个人应该自己救自己,从小救起来。

　　"什么叫作自己救自己呢? 以我的理解,就是忠实于自己的感觉,认真做每一件事,不要烦,不要放弃,不要敷衍。哪怕是写文章,标点符号也要弄清楚,也不要有错别字——这就是我所谓的自己救自己。

　　"我们都得一步一步救自己,我靠的是一笔一笔地画画,贾樟柯靠的是一寸一寸的胶片。"

中国台湾著名作家三毛女士曾经说过这样一句话："心之何如,有似万丈迷津,遥亘千里,其中并无舟子可以渡人,除了自渡,他人爱莫能助。"

智者认为,自度方能度人。自陷泥沼者难以救人。若想度人,先要自度。生、老、病、离、苦,是每个人都要经历的过程,只有在这过程里度了自己,才能有度人的觉悟。

觉者认为,人人皆具觉性。其实,我们每个人都有可能被称为觉者——你行善积德,懂得助人,自然你就是觉者,而别人也是如此。抱着这样的信念,人人皆可自度。自助者,天助也。人生在世,总会有这样那样、或多或少的困境,不要指望别人来救自己,唯有靠着一颗自度的心,才有可能使自己安然渡过各种难关。

采撷心灵的芙蓉

　　周作人在《喝茶》中说:"茶道的意思,用平凡的话来说,可以称作'忙里偷闲,苦中作乐',在不完全的现世享乐一点美与和谐,在刹那间体会永久。"

　　我的一位远房伯父,是个没有上过一天学、读过一页书的地地道道的农民,但他也曾说过大意类似苦茶庵主的话,他说:"人生来就是吃苦的,忙忙碌碌一辈子,要吃很多苦,受很多罪,不忙里偷闲、苦中作乐怎么活? 过日子就是要寻开心,享受自己给自己送高兴快乐的这一礼物的乐趣。"

　　确实,人生中,我们可以送给自己的最好礼物,就是选择快乐。人们常常认为,快乐是从外部带来的。其实不然。有些人拥有生活中的各种优厚条件,但他们仍然不开心。权力、地位和财富不创造快乐。快乐不仅仅来自物质,更来自简朴、单纯的生活态度和奋发向上的精神状态。其实,人越是懂得简朴,越能感受到满足和快乐;越是抱着单纯的生活态度和振奋的精神状态,生活的乐趣也就越容易被感受到。

我们每个人一生中都会遇到一些这样那样不愉快的经历,只是程度不同而已。关键是,我们抱持什么样的态度去面对。我想,我们要抱持的态度,应该是自我调适——选择"苦中作乐""寻开心",或者说"乐活",从而尽量达观地度过一些堪称痛苦的经历。

须知,人生取决于自己的感受,幸福快乐来自内心,而不是外界。依靠外在条件获得幸福快乐,是一种巨大的错误。莎士比亚说:"最痛苦的是我们要从别人的眼中看幸福。"心理分析学家欧文和纽曼说:"快乐的泉源不在心外,而在心内。大部分人并没有去发掘自有的快乐潜力,像在等待别人授予他过充实的生活。其实能给予我们愉快的只有自己。"刘媛媛在《超级演说家》中曾发表这样一段演说:"有些人出生就含着金汤匙,有些人出生后连爸妈都没有,人生跟人生是没有可比性的。我们的人生怎么样,完全取决于自己的感受。你一辈子都在感受抱怨,那你的一生就是抱怨的一生;你一辈子都在感受感动,那你的一生就是感动的一生;你一辈子都在立志于改变这个社会,那你的一生就是斗士的一生。"

一旦我们下定决心要快乐,生活就会变得更加美好,一切也将变得更加容易。诚然,没有人会永远处于快乐之中,但是如果选择大部分时间是快乐的,那应该是可以或者说不难做到的。这不仅使我们更健康,还会帮助我们度过最坏的时候。如果我们总是微笑、开心和阳光,我们的生活将会更好。

获得快乐的一个重要方法,是生活要有目标——追求那些能让自己动心和开心的事。想一想什么事情让自己最为满意,就努力去做到。没有了目的,生活就会感到无聊,身体的免疫系统也会做出相应的负面反应。很喜欢一首题为《就在你所在的地方生根开花》的英文小诗,原文记不完整了,大意是这样的:就在你所在的地方生根开花。不要因为难过,就忘了散发芳香。要绽放,让生命满载欢笑,让福祉传播四方。在哪里存在,就在哪里绽放。人生不易,快乐为要。我们没有理由不努力在自己所在的地方生根开花,并结出丰盈快乐的果实。

当我们知道自己可以选择快乐时,人生中的许多事情便可释怀。我们不必因为自己老了,或者因为生活没有完全按照自己的意愿、计划进行而感到糟糕。一旦我们做出了快乐的决定,便没有任何理由再感到难过。

英国作家阿兰·德波顿在《哲学的慰藉》中说:"哲学的任务就是教会我们在愿望碰到现实的顽固之壁时,以最软的方式着陆。"我套用他的话说:"乐活的任务,就是教会我们在愿望碰到现实的顽固之壁时,以最好的心态去面对。"

诗人张枣说:"再暗的夜也有人采芙蓉。"愿我们即使在人生的暗夜,也能采撷心灵的芙蓉。

宁静心开欢喜花

朱光潜先生在《谈静》一文中说:"所谓'静'便是指心界的空灵,不是指物界的沉寂,物界永远不沉寂的。"

静,是我国古人推崇的大智慧。《道德经》说:"静为躁君。"意思是,静是躁动的主宰,能克服人身上的躁气。《大学》云:"静而后能安,安而后能虑,虑而后能得。"可以说,静是安定、思虑和有所得的基础。

在日常生活中,有些人因为工作过分忙碌、劳累,性情变得粗暴急躁,别人一句不经心的话、一个无心的过失,就会惹得他们暴跳如雷、大发脾气、出言不逊,甚至出口伤人,其结果可想而知。为了培养一个安和乐利的社会、温馨甜蜜的家庭,人人都需要有一颗安静的心灵。

静坐常思己过,如果一个人能够常常利用静思的机会,检讨自己的功过得失,才是不断求取进步。静思使人看清自己有什么、没有什么、需要什么、不需要什么;安静的生活使人明白真实的自我,既不会妄自尊大,目中无人,也不会妄自菲薄,看轻自己。平静的水面,才能映照人的形体仪态,在安静的生活中,我们才能怡然自得,自取自足。

保持心灵的清静安定,让心灵能够如同明镜一般,人才不会活得愚昧。禅宗讲禅定。什么是禅定?禅定,不是人一直坐着就行了,坐着只是行为,而不是思想。禅定是要人通过静坐参禅,使身心达到一种极度宁静和清明的状态,不为外界的表象所迷惑。那么,不静坐参禅的人们,如何才能不被外界的表象所迷惑呢?所谓一念天堂,一念地狱。心在什么境界,人就在什么世界。因为心灵空间才是每个人真实的生活空间。怀什么样的心,就必然生活在什么样的世界。心往善处想,自然就不会被各种表象所迷惑;而心往恶处念,眼见的就全是人间的邪恶。所以,观想世间的万事万物,应当保持一份平和、宁静之心。

许多人都很熟悉诸葛亮《诫子书》中说的"非淡泊无以明志,非宁静无以致远"(其实它源自淮南王刘安主编的《淮南子·主术训》)。这句话的意思是,不把名利看轻,就不会有明确的志向,不排除外界的干扰,以一颗宁静的心去努力,就不能实现远大的目标。人只有心无杂念,甘于平淡之中,保持淡泊、宁静的心态,才能拥有宽阔的眼界、清明的"心镜",去发现和映照蕴藏于平淡之中的真理,从而实现和感受美好的人生。

静,在心里,不在山水间。人生的幸福在于祥和,生命的祥和在于宁静,宁静的心境在于少欲。无意于得,就无所谓失,无所谓失,则得失皆安谧。心静,则万象皆静。知足者常在静中邂逅快乐幸福。静不是不动,静是动的另一种方式。宇宙的现象,是动中有静,静中有动。我们要以静观变,以静制动,才能动静得宜。不管外界是如何的纷乱不安,最重要的,我们的内心要安详宁静。

印度著名哲学家克里希那穆提说:"你有没有试过安静地坐着,注意力不集中在任何事物上,也不费力去集中注意力,只是让你的心非常安静、非常静止。这时候,你会听到所有的声音,不是吗?你能听到远方的、近处的以及极近的声音,也就是说,你听见了所有的声音。你的心不限制于窄小的频道里,如果你能依照这个方式放松地倾听,而没有任何压力,你就会发现一种惊人的变化在心底出现,这种变化不需要你的意志力,不需要你去强求,在这种变化中存在着极大的美和洞察力。"

用宁静的心态去生活,就能在日常事务中,看出它们的美和感动,发现它们的情趣和内在的响应。宁静令人张开眼睛竖起耳朵,领受上苍的赐予,得到的是满腔的欢喜;人际交往的温馨,彼此关怀的体贴,也只有在宁静的心田里,才能绽放出欢喜的花朵。

静心此刻事,日日极乐天。

蜗牛角上争何事？

　　唐代诗人白居易《对酒》诗云："蜗牛角上争何事，石火光中寄此身。随富随贫且欢乐，不开口笑是痴人。"前两句的意思是说，人间的是非，仿佛是在窄小的蜗牛角上争斗，其实并没有什么好争的；人的一生，也无非像在石头上敲击出的火光中藏身，短暂得很，一忽闪就过去了。所有这些，跳出来看，在无限的时空中，实在微不足道。他还在《不如来饮酒七首》其七中说："相争两蜗角，所得一牛毛。"意思是，蜗角相争再激烈，得到的，也无非像是一根牛毛一样的微利，真没有必要看得太重。

　　明代洪应明编纂的《菜根谭》中也有类似联句："石火光中争长竞短，几何光阴？蜗牛角上较雌论雄，许大世界？"意思是说，人要胸怀宽广，不必介入无谓的争斗。

　　"蜗角之争"的典故出自《庄子·则阳篇》："有国于蜗之左角者曰

触氏，有国于蜗之右角者曰蛮氏。时相与争地而战，伏尸数万，逐北旬有五日而返。"这是说，位于蜗牛角上的两个小国，为争地盘而发生战争，双方战死了好几万人，胜利者追赶失败者一直追了十五天，才收兵回师。庄子不愧为智慧的圣哲，他把宇宙空间的大小、时间的长短、深奥难言的思想和道理，神话般地寄寓在小小的"蜗角之争"上，真可谓鸟瞰八荒，俯视万里，意蕴之丰，妙不可言。

人生如梦，不过数十载寒暑，过一天就少一天，就像一沓日历，每天撕下，总有一天会撕完。匆匆一辈子，确实没有什么好计较的，也是计较不完的。得又如何？失又如何？得与失，就像日升月落、寒来暑往，都会过去。

在实际生活中，像"蜗角之争"的事还真不少。刘震云的小说《单位》中有这样一句话："一个人一生斗来斗去，不过是单位的那几个人。"但争来争去，又有谁能跳出"名利"二字呢？岗位的变动，职务的调整，利益的得失，荣誉的有无，有些人把这些看得比什么都重要。为了争夺这些所谓的"名利"，许多人不惜殚精竭虑、毁形损誉，有的丢掉了自己的人格，有的牺牲了亲情和友谊，有的甚至还付出了惨重的生命代价，实在太不值得。

其实，人生中，不是钱多就好，平安最好；不是官大就好，自在最好；不是名盛才好，随缘最好；不是豪宅才好，能睡着最好；不是佳肴才好，吃得下最好；不是名车才好，安全最好；不是奢华才好，自然最好；不是长寿才好，健康最好；不是美貌才好，心善最好；不是情多才好，有爱最好；不是争强才好，和谐最好；不是斗胜才好，快乐最好。

屋宽不如心宽，钱多不如乐多。心宽了，世界就宽了。不争，才能赢得真诚，赢得善良，赢得友谊，赢得亲情，赢得爱情，赢得金钱买不到的幸福与快乐。

很喜欢杨绛译的，英国作家、诗人瓦特·兰德的那首《生与死》："我和谁都不争/和谁争我都不屑/我爱大自然/其次就是艺术/我双手烤着生命之火取暖/火萎了/我也准备走了。"

人生如白驹过隙，一蹉跎，便"火萎了"。我们不是来争夺的，而是来生活的。不是来彼此折磨的，而是来拓展幸福的。我们不是来迷恋那些带不走的虚名、地位和财富，而是来寻求精神生活的出路，看出人生的价值、希望和意义。无论是卑微的蜗牛，还是貌似强大的人，最重要的，是好好地活着，努力收获精神生命的成长。

所以，我们要善待自己，宽待别人，布道自然。每个人在实现人生价值的过程中，都必须遵循最基本的道德准则和竞争法则，不能以损害他人利益来获取自己的利益。那些只顾自己，不顾别人的人，使原来供养他的沃土，最终变成了埋葬自己的腐土。这样的例子不胜枚举。谦让别人是做人的基本准则。一个人的作用和意义毕竟是有限的，只有融入人们共同的社会实践中，才能使自己的能量充分释放出来。一个人再有能耐，也不可能什么都比别人强，什么都会干。只有把自己当作大海中的一滴水，正确认识自己、把握自己，学会谦让别人，才能借助大海的容量，折射属于自己的那份光亮。谦让别人，既能使自己轻松愉快地工作和生活，又能以积极的态度学习别人，提升自己。谦让别人，是人生的一笔宝贵财富，愿我们人人都能拥有。

快乐只与心有关

庄子在《天道》中说："与人和者，谓之人乐；与天和者，谓之天乐。"庄子认为快乐有两种，一种是人乐，也就是人与人之间和谐的快乐；一种是天乐，就是那种超然物外、与天地精神相往来、与自然和谐的快乐，是达到极致的快乐，又称至乐。他在《至乐》中说："至乐无乐，至誉无誉。"意为至乐是内心深处的快乐，是心灵的快乐，是没有外在表现的；真正的荣誉是没有赞扬、没有名辉的荣誉。由此看来，真正的快乐，是人与自然相融合、与天地相感应的快乐，是虚无恬淡、怡然自得的快乐，是无忧无虑、无声无形的快乐。这种快乐，并非由物质、名望或社会地位等因素所决定，而是取决于一个人的精神境界，也就是说，只与心灵有关。

周国平先生在《内心世界决定了人和人的层次》一文中写道："丰富的心灵是自己身上的快乐源泉。心灵的快乐是自足的，如果你的心灵足够丰富,即使身处最单调的环境,你也不会太寂寞。本来每个人都可以有这个源泉的,可惜的是有些人从来不去关照自己的心灵,任其荒芜,使人生幸福的一个重要源泉枯竭了。"他说,丰富自己心灵世界的一个重要途径,就是多读有益身心的好书,与古今中外的伟大的灵魂交流。我以为,保持心灵的快乐,除了多读好书,不断丰盈自己的心灵以外,还必须去贪心、除乱心、弃烦心。

贪婪的心,像沙漠中的不毛之地,吸收一切雨水,却不滋生草木以方便众生。一个人什么都想拥有、什么都不想放弃,不但累心伤身,而且毁形毁誉。须知,生活不只是物质的堆积,悠然自得的精神才是人生真正的高贵。老子说:"祸莫大于不知足,咎莫大于欲得。"一个人只要贪慕名利之心不绝,祸害罪咎就会永远折磨平静的心灵;如果不能拥有一颗清明的心、知足的心,再多的财富都不能填满欲望的沟壑。快乐不是拥有很多,而是要求很少。减低对物质的要求,减低对别人的要求,减低对自己的要求,才能知足常乐。因为要求不高,所以容易满足。

约翰·弥尔顿在《失乐园》一书中说:"意识本身可以把地狱造成天堂,也能把天堂折腾成地狱。"凡是个人修为到位、心灵世界丰富、能够正向思考的人,都不会给自己增添不必要的惑乱。《道德经》云:"五色令人目盲,五音令人耳聋,五味令人口爽,驰骋畋猎令人心发狂,难得之货令人行妨。"世间的诱惑实在太多,权力的诱惑、金钱的诱惑、美色的诱惑、名利的诱惑、难得之货的诱惑等等,可谓"乱花渐欲迷人眼"。面对形形色色的诱惑,唯有锤炼一定的定力、静力,才耐得住寂寞、稳得住心神、经得住考验,努力让自己的心情平静下来、心态平和下来、心境澄澈下来,做到不争名,不夺利,不抢功,不折腾,"乱云飞渡仍从容"。

心包太虚,量周沙界。雨果说:"世界上最宽广的是海洋,比海洋更宽广的是天空,比天空更宽广的是人的心胸。"心胸有多宽,世界就有多宽,就看我们如何去拓宽自己的心量。心量大了,那些烦心的事就不是个事了,所有的是非恩怨都会在肚子里消化。罗曼·罗兰说:"人们的烦恼、迷惑,实因看得太近,而又想得太多。"俗话说,不如意事常八九。遇到烦恼、不顺心之事,不要怨天尤人,而应"常想一二""长放眼量"。这时,我们不妨发扬一点"阿Q精神",自己宽慰自己,自己劝解自己,努力让自己的心胸宽广,心态通达,心情舒畅。进而做到凡事尽力而为,顺其自然,要求而不苛求,勉强而不逞强,希望而不奢望,得之我幸,失之我命,得失随缘,泰然自若。

陶渊明《饮酒》诗云:"结庐在人境,而无车马喧。问君何能尔,心远地自偏。"心境幽远自在,虽在尘嚣,却如仙境。修行不必到深山,人间到处都是道场,最重要的,是我们自己的心灵要宁静。保持心灵的宁静,就是不要有太多的贪念、杂念、妄念。心灵宁静,才能保持心灵的澄澈、纯净;心灵宁静,人生才不会有太多的羁绊、烦恼和挂碍,才能恬淡自适、怡然自得、快乐自在。

少欲知足最快乐

　　清人胡澹庵编纂的《解人颐》一书,其中有一篇《知足歌》,歌词是:"人生尽受福,人苦不知足。思量事劳苦,闲着便是福。思量疾厄苦,无病便是福。思量患难苦,平安便是福。思量死来苦,活着便是福。也不必高官厚禄,也不必堆金积玉。看起来一日三餐,有许多自然之福。我劝世间人,不可不知足。"如果一个人不知足,便会贪婪不已,即便积累了很多财富,最终也会付出惨痛的代价。

　　老子说:"甚爱必大费,多藏必厚亡。""祸莫大于不知足,咎莫大于欲得。"越为珍爱的东西,所要付出的代价越高;收藏的财物越多,所损失的东西也越多。世上没有免费的午餐,天下事皆是一得一失,没有不劳而获的事。古今中外,因不知足而招惹祸患的例子,真是不胜枚举。人们熟知的许多高官因为贪污受贿而成为阶下囚的反面典型,实在值得引起高度警惕。

《韩非子·外储说右下》中有一则"公孙仪相鲁而嗜鱼"的故事,说公孙仪做鲁国的宰相时特别喜欢吃鱼,全国的人都争相买鱼来献给他,公孙仪先生却不接受。他的弟子们劝他说:"您喜欢吃鱼而不接受别人的鱼,这是为什么?"他回答说:"正因为爱吃鱼,我才不接受。假如收了别人献来的鱼,一定会有迁就他们的表现;有迁就他们的表现,就会枉法;枉法就会被罢免相位。届时,虽然我爱吃鱼,但这些人不一定再送给我鱼,我又不能自己供给自己鱼。如果不收别人给的鱼,就不会被罢免宰相,尽管爱吃鱼,我却能够长期自己供给自己鱼。"这是明白了依靠别人不如依靠自己的道理啊!

这则典故,很好地诠释了"知足常乐"的道理。公孙仪是一位将"知足与知止"运用得恰到好处的人。既然俸禄已足以满足自身对于爱好的追求,就不该去贪取那些本不属于自己的东西,以免招致罢官而失去满足自身爱好的能力。为官者实在应当以公孙仪为楷模,在"糖衣炮弹"面前,稳得住心神、站得住脚跟、守得住底线。

"知足常足,终身不辱;知止常止,终身不耻。"我国古人的人生智慧,总在告诫人们要谨守中庸之道,凡事偏了过了都不好。天道循环不已,人生的道理也是如此,即所谓"否极泰来""乐极生悲"。

明末清初学者李密庵有首《半半歌》很值得玩味,歌词是:"看破红尘过半,半之受用无边。半中岁月悠闲,半里乾坤宽展。半郭半乡村舍,半山半水田园。半耕半读半经廛,半士半民姻眷。半雅半粗器具,半华半实庭轩。衾裳半素半轻鲜,肴馔半丰半俭。童仆半能半拙,妻儿半朴半贤。心神半佛半神仙,姓字半藏半显。一半还之天地,让将一半人间。半思后代与沧田，半想阎罗怎见？饮酒半酣正好，花开半时偏妍。帆张半扇免翻颠，马放半缰稳便。半少却饶滋味，半多反厌纠缠。百年苦乐半相参，会占便宜只半。"

的确，人生百年，苦乐参半，苦在哪里，乐就在哪里。想得开的人，苦中求乐；想不开的人，身在福中不知福。幸福快乐，原本是不假外求，一心以为苦就是苦，一心以为乐就是乐，一个人幸福快乐与否，完全取决于自己的心态。幸福快乐，不是来自物质的满足，而是源于内心的祥和，来自健康的身体、富足的生活、安定的心灵。一颗安定的心，一颗知足的心，就是一颗幸福快乐的心。所谓富足，并不是拥有多少的财富，因为少欲知足的人最为富足，一个不知足的人，再多的财富也嫌不够。

给自己一把打开幸福快乐之门的钥匙，想得开就幸福快乐，想不开就烦恼痛苦，如此而已。不要老是想着自己没有的，而要多想想自己已有的。

"芝麻开门！芝麻开门！芝麻开门吧！"如何取得幸福快乐的通关密码呢？幸福快乐之道，无他，少欲知足而已。懂得善待自己、宽宥他人，布道自然，凡事勉强而不逞强，要求而不苛求，希望而不奢望，你就会是幸福快乐的人。

健康的灵丹妙药

说到健康，恐怕我们脑子里首先想到的是身体没有疾病，因为健康和疾病是一对天敌。但是，随着社会的发展和进步，健康的含义已经不仅仅局限在身体没有疾病的层次上。世界卫生组织对人的健康的新定义是：躯体健康、心理健康，并具有良好的社会适应能力。

令人不安的是，心理问题正在现代人群中蔓延。最近一项调查发现，有10％—15％的在校中小学生存在焦虑、抑郁、情绪不稳定、学习困难、说谎、网络迷恋、心理脆弱等问题；一些大学生在择业期间表现出过度担忧，有时甚至产生问题行为；一些教师则因升学压力、威信压力、社会压力等问题而有"心理障碍"或"心理疾病"；上班族中因为"定位危机""晋升危机""方向危机""饭碗危机"等引发的心理问题同样不在少数；独居老人因为寂寞、孤独导致的心理疾病也为数不少。据有关资料介绍，目前全球罹患精神官能症的人口高达总人口的四分之一，如不及早预防，后果堪虞。

美国著名内科医生、医学博士、心理咨询大师约翰·辛德勒著有一本《病由心生》的畅销书，他根据自己几十年行医经验总结出一个规律，即人类 76％ 的疾病是情绪性疾病，是由心理因素造成的。他告诫人们，养生和治病的关键是消除负面情绪，培养健康心态。其实我们的老祖宗很早就知道心理健康的重要了，《庄子》里就有"下士养身，中士养气，上士养心"的说法。所谓"心定则气和，气和则血顺，血顺则精足而神旺，精足神旺者，内部抵抗力强，病自除矣"也是这个道理。传统中医认为，人的"七情"与健康有密切的关系。所谓"七情"是指喜、怒、忧、思、悲、恐、惊七种情绪，这七种情绪与人的脏腑直接相关。《黄帝内经·素问》中说："心在志为喜""肝在志为怒""肺在志为忧""脾在志为思""肾在志为恐"。不同的情绪可直接影响人的健康状况。

古罗马大诗人维吉尔说："健康是最大的财富。"英语中还流行着一个类似的公式：$W = H + H$。意思是：财富＝健康＋快乐。而快乐无非是一种良好的情绪和心态。看来，只要有良好的心态，就会有良好的健康，有了良好的心态和健康，也就拥有了财富，而且不仅仅是比喻意义上的财富，实际上也常常意味着现实的财富，因为"身体是发财的本钱"。很多人都明白：失去健康，你拥有的一切也终将变为"0"。

健康分身心两方面。在身体的一面，即人们常说的"病从口入"；在心灵的一面，即所谓的"病由心生"。从理论上说，良好的饮食习惯加上良好的心态就意味着健康。这话说起来容易，但做起来难，现实生活中，很少人能"信受奉行"。虽然现在，越来越多的人已经认识到要健康长寿,需要修身养性,始终保持一颗健康的心。但是,喧嚣、浮躁、功利的社会疯狂地驱使着人们飞蛾扑火般地追求着物欲,而忽视自己身心的修炼,正如西方先哲叔本华所言:"人类所能犯的最大错误就是用健康来换取其他身外之物。"不能不说这是人类的悲哀。

人最大的幸福莫过于健康,健康是幸福生活的基础。而在人的整体素质中,处于基础、核心与归宿地位的心理素质,越来越成为人们身心健康、事业成败、生活幸福的决定性因素。著名健康专家洪昭光说:"心理平衡的作用超过一切保健作用的总和。你可以别的都不注意,你只要注意心理平衡,就掌握了健康的金钥匙。"所以说,好心情是健康的灵丹妙药。健康从心开始,幸福也从心开始,一切皆从心开始。让我们努力修身养性、养好心情吧!

快乐生活的真谛

一个人的人生，是苦是乐，并不是由外境所决定的。哲学家爱默生说："生活的乐趣，取决于生活者本身，而不是取决于工作或地点。"

人活着就要工作，就要接受挑战，面对许多困难，如果要求生活事事如意，天天快活，那基本是不可能的。因此，生活的本质是刻苦，是承担，是在努力克服困难、承担责任和履行义务中，发现快乐，享受快乐，这就是所谓的"苦中作乐"，是很正确的生活态度。反之，如果天天不快乐，忧郁苦闷，内心里不断冲突，充满矛盾，那我们恐怕就该好好检讨、反省自己了。

我以为，生活是一种态度，过日子过的就是一种心态。因为，心灵空间才是每个人真实的生活空间，心在什么境界，人就活在什么世界，怀什么样的心，就必然生活在什么样的世界。所以，无论贫富，无论贵贱，谁都能过好日子，谁都能快乐生活，只要你的心态正常、看法正确；

因为你怎么想、怎么看，就怎么解释，并且依照你的解释过生活。任何人都要由衷地感恩和知足，并根据自己的因缘，安排生活，过好日子。

须知，人是在生活，而不是为了争夺和占有；是自己怎么生活，而不是要表现什么给别人看。随遇而安，认真工作，好好生活，才是力争上游，想博得别人的喝彩和掌声，只是生活的小丑，不是人生的赢家。莎士比亚说："人最大的痛苦和不幸，是要在别人的眼里看幸福。"

健康的人格，是幸福生活和成功人生的保证。你不可能用名利和财富来维持你的快乐，因为它是无常的。你也不可能永远博得别人的喝彩，又何况博得喝彩的事又不一定是对的。所以，最重要的，就是从自励和自立中肯定自己，而不是一味地乞讨别人的掌声，那会令你迷失。

生活之道在于恬淡，而不在于贪婪。这个世界上，大概有两种生活态度截然不同的人：一种生活在贪婪里头，所以满桌佳肴，食而无味，满柜衣服，出门总嫌缺一件合适衣裳，家有千金心犹不足，心中赤贫甚于乞丐；另一种人，生活在恬淡之中，清淡饭菜，餐餐足食，两套衣服，足够替换，深感日子丰足自在。

快乐来自简单的生活，因为要求不多，所以容易满足。复杂的生活，是一切烦恼的根源。因为，复杂的生活，需要花费很多时间、很多精神，甚至很多金钱，去选择、去参与、去打理，容易造成生理和心理上的疲惫、劳累，甚至障碍。

看淡物质，充实内心，提升心性，人生才能快乐和幸福。内心充实、无障碍的人，心性是空灵的、活泼的。他可以自然领会到"看山是山、看水是水"的真实快乐。活在无障碍实相之中的人,最能体悟"山光悦鸟性,潭影空人心"的妙境,当下无论是春花灿烂,或是秋叶静美,在他看来,时时处处、点点滴滴都是赏心悦目的快乐。

　　生活越是无碍,人生也就越是丰盈;因为它简单纯朴,所以更能让人体验到丰富的悦乐。诚如梭罗所说:"保持简单、素朴的生活态度,人生中就有很多喜乐。""我们的生命,都给琐碎的事情浪费了,要尽量简单,尽量简单。"要简单,就得删除烦琐,就得割舍,把生活中一切不必要的东西抛开,把最珍贵的拾起,珍惜它、拥抱它。这就是快乐生活的真谛。

幸福生活的源泉

什么是幸福生活？

毋庸置疑，各人有各人的理念和诠释。我的一位堂伯父说："人不要东想西想，只要能动、能吃、能困，就是幸福生活，就是快乐日子。"意思是，人要随遇而安，不要有过分的欲望，只要走得动路，干得了活，吃得下饭，睡得着觉，身健心安，幸福快乐就在其中。我以为，他的"三能"幸福生活观的根本，就在于不"东想西想"，就在于"安详"二字。

安详，是生命的真义。心里面没有安详的人，永远得不到幸福。要想得到幸福，内心里就一定要葆有安详之气。

哲人曾言：欲为苦本。求不完，就苦不完。人之所以痛苦，就在于追求错误的东西。如果一个人的快乐，是希望从别人身上去获得，那会比一个乞丐沿门托钵更痛苦。

人生的苦难，其实并非来自外在，而是来自内在，来自内心的抗拒和不安。人，只要学会接受，学会"向内走"，就能找到安详和幸福。苏格兰作家托马斯·卡莱尔说："没有在深夜痛哭过的人，不足以谈人生。"好多人的一生中，实际上都曾有过一段或长或短坎坷曲折的经历，或者说至暗时光，但只要坦然面对，乐于接受，坚持"向内走"，适时转好心情的方向盘，把握好生命的方向，便能很快走上光明的坦途，在"山重水复疑无路"的困境中，迎来"柳暗花明又一村"的转机。正如奥地利诗人里尔克所说："好好忍耐，不要沮丧。如果春天要来，大地会使它一点一点地完成。"在困境中如果以积极的心态去走，不啻为一种历练，一种成长，而且还是一种对生命缺陷和亏欠的修复和偿还，一种对生命质量和层次的提升和超越。

一个人，不管他物质生活充实或贫乏，不管他处在什么样的地位，过着什么样的生活，只要他内心非常安详，就可以过得幸福。正所谓"心安茅屋稳，性定菜根香"。如果他内心焦虑烦躁、纷乱不安，生活对他而言，无异是一种煎熬，一种惩罚，幸福便无从谈起。《左传》上有个故事说，某日，诸侯楚武王荆尸跟他太太邓曼说"余心荡"——我最近心烦乱得很，安定不下来。他太太说"王心荡，王禄尽矣"——你既然失去了内心的安详，你所拥有的一切恐怕也将丧失了。过了没有多久，楚武王果然去世了。由此可见，人只有安详地生活，才是真正的幸福。安详是幸福生活的源泉。你若能用安详的心态生活，你就拥有了永不枯竭的幸福源泉，幸福就会像源源不断、汩汩流淌的清泉，随时随地追随着你、滋润着你。

人有了安详的感受，才是生命的真正享受，也才是真正在享受生命。所以，唯有内心的安详，才是人生的无价之宝。

幸福无指数

眼下，"幸福指数"，是个时髦的词。

按照所谓的公式计算，中国人的"幸福指数"，似乎大大地超过了许多西方发达国家。

"幸福指数"，顾名思义，是衡量人们幸福程度或者说幸福感的一种指数。毋庸置疑，不同的人，对幸福感的理解和诠释肯定是不同的。

我以为，幸福只是一种感觉，无法用数字来考量。幸福不幸福，与人们所占有物质的多少无关，也与其所处地位的高低无关。"真幸福""很幸福""太幸福""超幸福"等等说辞，都是非常模糊的概念。十分幸福，看似有了标准，但还是模糊不清。幸福，既不是十分制，也不是百分制，根本不能用什么指数来衡量。这个世界上，根本就不存在十全十美、百分之百的幸福，也就是说，没有绝对幸福，只有相对幸福。

你以为做大官就幸福？无官一身轻，千古真理。

你以为腰缠万贯就幸福？一招不慎，满盘皆输，倾家荡产，跳楼死的心都有。

你以为娶了美女就幸福？低声下气，也未必博得她欢心和满意，保不准给你戴绿帽子，你还蒙在鼓里；即使你知道了，恐怕也只好委曲求全、忍气吞声。

你以为吃山珍海味、喝玉液琼浆就幸福？高血脂、高脂肪、高血糖、高血压是怎么来的？胡吃海喝来的。

所谓的收入、住房、安全、健康等等，可以用数字来衡量，但是，人们内心的幸福快乐感觉与这些数字画不上等号。

"采菊东篱下，悠然见南山"的陶渊明，"天子呼来不上船，自称臣是酒中仙"的李白，你说他们不得志也好，说他们颓废也罢，但我想，他们肯定都找到了一种自适其意、自得其乐的幸福感觉。当年发动"西安事变"，扣押蒋委员长的少帅张学良先生，假如他不是36岁时便无奈地退出了钩心斗角、尔虞我诈的权力圈，恐怕也很难活到一百多岁。你说，张学良先生这一生，究竟是幸耶，抑或是不幸耶？

说实在的，这个世界上，谁都活得不轻松、不容易。到底幸福不幸福、快乐不快乐，每个人自己心里都有杆秤，都有数，如鱼在水，冷暖自知，真的不需要用什么指数来衡量，也根本无法用什么指数来衡量。

贫穷未必人格低，未必不幸福、不快乐。你不偷不抢，不贪不贿，不卑躬屈膝，若真正能像五柳先生那样铁骨铮铮——"吾不能为五斗米折腰，拳拳事乡里小人邪！"——自食其力，自得其乐，自重自尊，我看，你活得就比谁都要高贵，都要有尊严，都要幸福、快乐。

穷人有穷人的苦恼,穷人也有穷人的快乐。没有燕窝鱼翅,还有茄子辣椒;没有茅台拉菲干红,还有二锅头和纯粮食的土烧。"吃嘛嘛香,身体倍儿棒",不做亏心事,不怕警笛响,睡觉不做噩梦,一觉睡到天亮,这样的日子,真是赛过羲皇上人。

幸福,是一种心境,是说不清、道不明的心理感受。幸福不幸福、快乐不快乐,不在"幸福指数"里,不在别人眼光里,不在媒体说辞中,全在自己一心间。

幸福无指数,关键在心态。

幸福在当下

我们每个人都希望过着幸福、快乐的生活,但是,什么是幸福呢?怎样才快乐呢?

唐代无尽藏比丘尼有一首《悟道诗》云:

尽日寻春不见春,芒鞋踏遍陇头云。

归来笑拈梅花嗅,春在枝头已十分。

诗中说,寻春人终日远道"寻春","芒鞋踏遍陇头云",可结果是"不见春"。就在她"归来"时,却发现"春在枝头",而且"已十分"。就是说,"十分"之前从"一分"到"九分"的那个春色,都已经被她自己白白地错过了——梅花并不因为主人浪迹天涯而不盛开。

"尽日寻春""芒鞋踏遍陇头云"——忙忙碌碌,辛辛苦苦,汲汲外求的结果，却是"不见春"——感觉不到生活的幸福、快乐，这不正是我们现代人生活的形象写照吗？

这首诗告诉我们，春色就在庭院里，就在离人们最近的地方，美好到触手可及，可是人们却偏偏要向外去寻找。

这首诗告诉我们，人生的幸福、快乐，不是向外能够找得到的。

这首诗告诉我们，幸福、快乐就在当下，要从喜欢并享受你当下的生活开始进入幸福、快乐，要从喜欢并享受你当下的工作开始进入幸福、快乐，要从喜欢并享受你当下的家庭开始进入幸福、快乐，要从喜欢并享受你当下的团队开始进入幸福、快乐……不要抵触抗拒，不要盲目攀比（"这山望着那山高""身在曹营心在汉"），也不要挑肥拣瘦、厚此薄彼、好高骛远。因为，幸福、快乐，不在过去未来中，不在哪个工种中，不在高低贵贱中，就在你当下的生活里，就在你自己的内心中。

杜牧诗云："睫在眼前长不见，道非身外更何求？"我们常常舍近求远、舍本逐末，以为赚很多的钱、当很大的官、拥有很富裕的物质生活，才是幸福、快乐之道，殊不知，幸福、快乐，原本不假外求，只是我们内心的肯定而已。其实，活在当下就是最大的幸福，内心安详就是最大的快乐，一颗知足的心，一颗安详的心，就是人生最大的富足，最大的幸福、快乐。一个不知足、不安详的人，即使他赚再多的钱、做再大的官，甚至拥有整个世界，恐怕也和幸福、快乐无缘。

让我们从今天开始，从现在开始，以接受的心态，以欢喜的心情，试着从一花一叶、一饮一啄、一人一事中，去细心体会当下生活中的无限美好和幸福快乐吧，然后，看看你的人生会有什么变化。

过好每一天

　　记不清哪位作家曾经说过大概这样的话:人最重要的,不是有多么宏大的目标,不是有多么宏大的抱负,也不在于成就了多大的事业,而在于过好每一天。我们的每一天都开心,那么我们的一生就是开心的。我们的每一天都忧愁,那么我们的一生就是忧愁的。我想,既然愁也一天,乐也一天,我们何不快快乐乐地过好每一天呢?

　　过好每一天,要有美好的自我期待。每天醒来,我们不妨自我期许"务必珍惜今天",想着"我一定要过好今天"。告诉自己,这是一个难得的日子,要展现宝贵的生命,要让自己过得充实快乐,要用它来赞叹生命,来粉饰生活。无论工作如何沉重,不问晴天雨天,只要自己平平安安地活着,有个力所能及、能当其责的工作可以做,有基本的生活保障,能得到温饱,就该由衷地欢庆生活的美丽。当然,生活中难免有困难、有逆境,有挫折和挑战,但我相信自己终究可以克服,能够享受雨过天晴的喜乐。

过好每一天，要根据自己的根性因缘过日子。莎士比亚说："最痛苦的是我们要从别人的眼中看幸福。"人是在生活，而不是为了争夺和占有；是自己怎么生活，而不是要表现什么给别人看。好好生活才是力争上游，想博得别人的掌声，只是生活的小丑，不是生活的赢家。依自己的根性因缘安排生活，就是认识自己、接纳自己、做好自己，知道自己该做什么、该怎么做，知道自己应该以什么样的方式活着，不模仿和抄袭别人，不与别人攀比，不被各种"潮流"所裹挟，不被各种"时尚"所困扰，任你红尘滚滚，我自清风明月，在遭遇的情境和力所能及的范围中设法过好日子。

过好每一天，要调适好心情。当我们遭遇失败或者做错事时，应该懂得宽宥自己，思考并体会爱默生的这段名言："努力完成每一天的事情，你已经把你能做的都完成了。你要尽快忘记那些错误和你所做的荒谬事。明天是崭新的一天，你要精神饱满地迎接它，不要被过去所做的荒谬事拖累。"记得钱钟书先生曾经在《写在人生边上》中说过："洗一个澡，看一朵花，吃一顿饭，假使你觉得快活，并非全因为澡洗得干净，花开得好，或者菜合你口味，主要因为你心上没有挂碍。"我们不妨把宋代无门慧开禅师的一首禅诗——"春有百花秋有月，夏有凉风冬有雪；若无闲事挂心头，便是人间好时节"，作为自己的座右铭，随时调适好自己的心情，心无挂碍、欢喜悦乐地过好每一天。

过好每一天，要吃好每顿饭。刘亮程先生在《永远欠一顿饭》中写道，人是不可以敷衍自己的。生活再匆忙，工作再辛苦，一天也要挤出点时间来,不慌不忙地做顿饭,生活中也许有许多不如意,但可以做一顿如意的饭菜——为自己。人们总喜欢把自己依赖在强大的社会身上,而忘记了营造自己的小世界,小环境。也许我们无法改变命运,但可以随时改善一下生活。过好每一天,从吃好每一顿饭开始,许许多多的人都懂得每顿饭对人生的重要性。他们活得仔细认真,把每顿饭都当最后一顿饭去吃,把每句话都当最后一句话去说,把每口气都当最后一口气去呼吸。他们不敷衍生活,生活也不敷衍他们,他们过得一个比一个好。

过好每一天,要做好每件事。毛姆在小说《月亮和六便士》中说:"为了使灵魂宁静,一个人每天要做两件他不喜欢的事。"马克·吐温也说过:"每天去做一点自己心里并不愿意做的事情,这样,你便不会为那些真正需要你完成的义务而感到痛苦,这就是养成自觉习惯的黄金定律。"无论自己喜欢不喜欢、情愿不情愿,无论公事私事、小事大事、苦事乐事、难事易事、好事坏事,专注在你所做的事上,尽力把它做到最好。把公事当成私事,用心地做;把小事看成大事,完美地做;把苦事当成乐事,开心地做;把易事当成难事,认真地做;把坏事化为好事,智慧地做。只有认真做好每件事,才能充实丰盈每一天。

过好每一天,要善待每个人。罗素说:"幸福的秘诀是,让你的兴趣尽量地扩大,让你对人对物的反应,尽量地倾向于友善。"杨绛先生在《我们仨》中写道:"我们读书,总是从一本书的最高境界来欣赏品评。我们使用绳子,总是从最薄弱的一段来断定绳子的质量。坐冷板凳的书呆子,待人不妨像读书般读;政治家或企业家也许得把人当作绳子使用。钟书待乔木同志是把他当书读。"每个人都是独一无二的花朵。人生中,对待相遇的每个人,我们不妨"尽量地倾向于友善",不妨都把他们当作一本书来读,不仅要尊敬赞美,以礼相待,悦乐别人,也悦乐自己,而且更重要的,是要取人之长,补己之短,不断获取充盈自己精神生命的正能量。

过好每一天,要睡好每晚的觉。元代石屋清珙禅师的《山居》诗云:"过去事已过去了,未来不必预思量;只今便道即今句,梅子熟时栀子香。"它告诉人们,既不要为往事纠结,也不要为未来忧虑,现在就是人生最美好的时光,不要等到一切周全了,才快乐欢喜;要活在当下,善于欣赏当下的美好,从从容容把琐碎、平凡的日子过得充实和有意义,好好享受平常生活中的点滴悦乐。明天是另一个今天。须知,人生有三分之一的时间是在睡眠中度过的,所以,该睡觉时就好好睡觉,而不"百种须索""千般计较",确保解困消乏、养精蓄锐,以饱满的精神,迎接和拥抱崭新的明天。

过好每一天,要懂得"无所为而为"。周国平先生在《风中的纸屑》中说:"世上有味之事,包括诗、酒、哲学、爱情,往往无用。吟无用之诗,醉无用之酒,读无用之书,钟无用之情,终于成一无所用之人,却因此活得有滋有味。"无用之用,方为大用。人生中一些很珍贵的收获,往往来自这种"无用之用"。人生最美好的事情,莫过于"无所用而用""无所为而为",就是不附带目的的事,也即所谓的"闲适"。生活的悦乐,需要保持闲适的心情。人不能每天像蛆钻粪似的只做着求温饱的"俗事",也应该以"无所用而用""无所为而为"的精神做些高尚纯洁的

"雅事"：欣然看看自然，感觉无处不好；超然想想人世，抛却任何烦恼。

过好每一天，要学会感恩和知足。要懂得欣赏自己拥有的每一天，欢喜领受这一天，由衷地感恩和知足。雪小禅女士在《已经很好了》中讲了这样一个故事：她去参加同学会，显得那么寒酸，旧的衣服，暗淡的脸色，头发上胡乱别了个卡子，骑着一辆旧自行车赶来。大家都知道她的情况——她下岗了，丈夫又出了车祸，她一个人打几份工，甚至晚上还要在歌厅的卫生间旁为他人递热毛巾赚钱。她还带来了自家树上结的石榴，那是她和他恋爱时种下的石榴树，如今都结果了。聚会上，大家都在抱怨，怨天怨地怨社会不公平，怨房价太高，怨工资太低，怨生意不好做。发了财的人说现在的那些做生意的都不是好东西，当官的显摆自己有多大的权力，平头百姓则假装着清高说反腐倡廉……只有她，一个人静静地笑着，守着那几个大红的石榴。她没有抱怨，而是劝别人，多吃菜呀，看这菜多好，糟蹋了就可惜了。有人问她，你怎么能这么平静呢？她说，已经很好了啊！自己下岗后马上就找到工作了，孩子很听话，丈夫的身体也越来越好了，丈夫说如果再送晚一会儿他就没命了，而他现在还在我身边，这多好啊。还有，老板还放假让她来参加同学会，又能看到大家了，多高兴！她没有像祥林嫂似的诉苦，抱怨上天对自己是多么不公平，反而由衷地感谢生活赐予自己这么多。"已经很好了"，犹如一句禅语！过好每一天，从学会感恩和知足开始，经常对自己说一句"已经很好了"，我们的生活就会满园芬芳。

　　每一天是一生的缩影，一生是每一天的积累。过好一辈子，从过好每一天开始；过好每一天，就是过好一辈子。人生之旅，是一趟没有返程的单向旅行，你只能走一次，所以要好好过这一辈子。愿我们人人都能过好每一天，过好这辈子。

转好心情的方向盘

苏联作家鲍·谢尔古年科夫在其诗意小说《秋与春》中说:"如果我的早晨不太使我喜欢,它在某个方面有缺陷;或者是露水太冷,或者是太阳来得迟了,或者是由于风大,吹来了过多的乌云,因而使森林里阴沉沉的令人不舒服,但一想到在某个地方有另外的早晨——明媚的、灿烂的,有宜人的露水和准时升起的太阳——我就高兴起来,以至于觉得,我的灰色的、倒霉的早晨一下子变得好了。"我也常常在天气或人事不太让人如意的逆势时,尝试着拿这话来转好自己心情的方向盘,正所谓"常想一二,不思八九"。

人生中,有很多东西我们都无法改变,比如环境、出身、天气等等。但是,有一样东西我们可以改变,那就是自己的心态。我们不能改变环境,但可以改变自己的心境;我们不能改变天气,但可以改变自己的心情和做法。天气转凉,体质不好的人就很容易感冒。我们不能改变天气,我们可以锻炼身体,我们不能准确预测天气何时会转冷,我们却随时可以锻炼好身体,抵抗寒流的入侵。

独臂难挽狂澜,个人的力量无法对抗大环境的冲击。我们不能改变别人的做法,但可以改变自己的想法。山不转路转,路不转人转,人不转心转。人贵自适通达,而不要固执拘泥。我们常常因为心太刚强,所以常常跌得鼻青脸肿。

境由心生。影响我们人生的绝不仅仅是环境,也不仅仅是所受教育的程度,心态极大地影响和制约着我们个人的思想和行为,也影响和决定着我们的人生态度,甚至事业和成就。

用豁达的心胸看待世界,是我们应有的人生态度。俗话说:"天有不测风云,人有旦夕祸福。"在苦乐参差的人生中,不虞之誉、求全之毁,悲欢离合、祸福安危,恐怕任何人都在所难免,伤多伤少,痛深痛浅,谁能不曾受殃呢? 所以,得之不喜,失之不悲,无心自化,一切随遇而安,才是人生的正道。在遇到不如意的事情时,如果能及时转好自己心情的方向盘,真正做到"常想一二,不思八九",那么,在起起伏伏、风风雨雨、顺顺逆逆的人生过程中,我们就能坦然面对、欢喜随缘、自在心安,也能在"山重水复疑无路"的困境中,迎来"柳暗花明又一村"的转机。正如奥地利诗人里尔克所说:"好好忍耐,不要沮丧。如果春天要来,大地会使它一点一点地完成。"

你的快乐，与别人无关

清代金缨编纂的《格言联璧》中有一副对联云："静坐常思己过,闲谈莫论人非。"此联源自明代状元罗洪先的《醒世歌》:"静坐常思自己过,闲谈莫论他人非。"上联语出《论语·卫灵公》:"躬自厚而薄责于人,则远怨矣。"下联语出《文子·上义》:"自古及今,未有能全其行者也,故君子不责备于人。"

虽然我国古代早就有诸如此类严于律己、宽以待人的处世箴言,但时至今日,能真正身体力行的人却不多。现实中,只要有人相聚在一起,言谈间难免不说人是非,至于内容,真假不计、是非不分。说的人唾沫横飞,听的人津津有味,传的人添油加醋、以讹传讹,不怀好意者更是编造谣言、恶意中伤,于是,众口铄金、人言可畏的故事甚至悲剧一再上演。当年,著名电影表演艺术家阮玲玉,就是因为"人言可畏"而吞服大量安眠药自杀,结束了其短暂但璀璨的一生,鲁迅先生曾

117

专门为此撰文《论"人言可畏"》。

著名社会学家李银河博士在《我的生命哲学》中说:"别人怎么看你不干你的事——不管别人怎么看你,你还是你。我总是记得一个比喻:如果别人对你的看法是一面镜子,每个人都会被镜子里的形象吓坏。我总是不大容易忽略别人的看法,因为从小比较虚荣。可是人生经历告诉我,不能不改变这种羞涩和敏感,否则没法生活下去。"她还说:"不要那么认真地看待自己,没有人会这样看待你的。——每个人都容易犯自我中心的错误,其实自己没那么重要,跟自己有关的一切也没什么大不了的。"

昔日,寒山曾问拾得曰:"世间有人谤我、欺我、笑我、辱我、轻我、贱我、恶我、骗我,如何处置乎?"拾得云:"只是忍他、让他、由他、避他、耐他、敬他、不要理他,再待几年,你且看他。"

日本江户末期思想家、兵法家、作家佐久间象山在《省言录》中说:"人之赞我,于我未加一丝;人之损我,于我未减一毫。"

无独有偶,对于人我是非、世间毁誉的态度,大愚法师诠释得更加明确具体、生动形象,他在《解脱歌》中说:"让他谤,任他毁,把火烧天徒自累,我闻恰是空中风,何碍甚深大三昧!一切声,皆实相,恶言善语无二样,不因谤赞别冤亲,方契本心平等相。赞无增,谤无减,空中鸟迹着云天,太虚饮光消契阔,幽谷回声话晚烟。"大愚法师是何等的豁达大度、潇洒自在! 由此可知,他是一位真正的悟道者。

人们往往太在意别人是如何看待自己的,自己的心情总是被他人的臧否、外界的阴晴所左右。其实,生活中的强者,总是埋头奋进在自己的道路上，根本就没有闲暇时间去品评别人，也根本不在乎别人说些什么。明行足先生说："若知我空，无毁我者。"对于一个心灵纯洁有修养的人来说，任何毁谤都会显得苍白无力。无论毁谤的影响力有多大，它也只是一块迟早要风化的石头，终究会有水落石出的那一天。人生在世，毁誉由人，开心由己，重要的，是做好自己，给自己快乐，也给别人快乐。

花自飘零水自流，一抹微笑了清愁。人生，活的其实就是一种心境，唯有知足常乐，笑对得失，遇谤不辩，与世无争，做一个简单的人，才能踏实而从容地过好每一天。吃好每一天该吃的饭，睡好每一天该睡的觉，走好每一天该走的路，做好每一天该做的事，既不轻贱自己，也不贬低他人，在每一个日出日落间活出真实的自我，埋首于自己认为对的事情，努力让自己的生命充实，用心感受生命的喜乐，不断收获精神生命的成长……这样的人生，才算丰盈。

你的快乐，与别人无关，无须太在意别人怎么看你。

我们究竟为什么而活着？

我们究竟为什么而活着？

为了地位？为了财富？为了自己的爱人？为了子孙后代？《红楼梦》里有首《好了歌》："世人都晓神仙好，唯有功名忘不了！古今将相在何方？荒冢一堆草没了。世人都晓神仙好，只有金银忘不了！终朝只恨聚无多，及到多时眼闭了。世人都晓神仙好，只有娇妻忘不了！君生日日说恩情，君死又随人去了。世人都晓神仙好，只有儿孙忘不了！痴心父母古来多，孝顺儿孙谁见了？"作者想告诉人们，为了这些"忘不了"的而活着是有多么的愚痴。

"从长期来看，我们都会死。"这是著名经济学家凯恩斯的名言。如果"从长期来看"，看那长期的终点，也太让人悲观了，许多人或许会这样想：真不知道自己当初有什么必要打败数亿同胞来到这人世。其实，许多人也根本不知道自己究竟为什么而活着，只是先这么活着，从没想着要结束。

从更长期来看，也就是关乎"身后名"的问题。人们都说中国人历来缺乏宗教信仰，其实，中国古代文人的另一种信仰是"身后名"，以这个来约束自己的行为。可现在，更多的人信仰的还是路易十五的"我死之后，哪管它洪水滔天"。因为成为白发渔樵笑谈中的"身后名"又有什么意义呢，无论他人、后人怎么评价，当事人都已不得而知。还是武则天看得开、做得好，立一块无字碑，任由后人评说。

否定种种后，想起汪国真的《到远方去》这首诗："凡是遥远的地方/对我们都有一种诱惑/不是诱惑于美丽/就是诱惑于传说/即使远方的风景/并不尽如人意/我们也无须在乎/因为这实在是一个/迷人的错/到远方去/到远方去/熟悉的地方没有景色。"

图霍尔斯基写过一篇《没有新雪》的短文，里面写道：前面总是已经有过其他人……所有这些生活情感，在你之前已经有人体验过了。虽然很多遥远的地方，我们能想到、听到，并且拥有这些的人并不说那里很好，可是，我们都想做一匹小马，都想亲自过河，亲自体验。也许到达之后，你才发现，那遥远的地方的风景，确实不怎么样，"并不尽如人意"——"这实在是一个迷人的错"——终点虽然一样，但是过程却千姿百态。卡鲁亚克的《在路上》写了"叛逆的一伙"虽然知道终点，可一有借口就横越全国来回奔波，目的就是沿途寻找刺激，但他们真正的旅途是在精神层面。

我们究竟为什么而活着？

为了体验人世间的种种美好？可钱钟书说过："几分钟或者几天

的快乐赚我们活了一世，忍受着许多痛苦。"

为了体验幸福快乐的感受？但幸福快乐到底是什么？我以为，这个世界，根本就不可能直接找到幸福快乐。幸福快乐，是人生的一个附加产品，不是直接产品。当一个人有了美好的愿望或者说梦想，满足了、实现了、喜悦了、感恩了，幸福快乐自然就出来了。你单单去找幸福快乐，哪里能找到？那不是忽悠人嘛。你看庄子是不是活得很美、很幸福、很快乐呢？他活在哪里？很显然，他就是活在自己的精神世界里。他的物质很贫乏，到后来都没有米吃，但他依然活得那么开心、那么自在。再看孔子的弟子颜回，"一箪食，一瓢饮，在陋巷，人不堪其忧，回也不改其乐"。他活得美不美呢？所以，要想让自己活得幸福快乐，建立一个丰盈的精神世界非常重要。人只有物质世界，是活不好的，是不可能获得真正的幸福快乐的。

从唯识学的观点看，人生的种种顺逆变化，得失是非，都只是本体世界的幻影，是无常不定、变幻莫测的。我们的生命有生有死，任何事物都是生、住、异、灭，或者说成、住、坏、空，所以，人生好像是一趟旅行，是精神世界的"真我"，披上一个智能型的人体外衣，走上人生旅途一游。我们必须努力维持旅游，但也要明白旅游之后，终归要回到精神世界。届时，人的外在的权势、名利、地位，种种得失，什么也带不走，都好像是一个投影，唯一能带走的是自己的心灵。人若能如是视察这个现象世界的本质，就拿得起，也放得下。这样，就能不执着，就能优游任运、放心自在地生活，没有障碍，也没有消极，倒是面对生活的真实，会变得更加充实起来，并深深地领会："这个幻躯能几日，随缘这么度此生。"

　　我们来人生走一趟，是来拥抱生命，珍惜生命，从中创造意义和价值，是为了心灵的成长，要从生活的挑战中，增进永生的智慧，无须与别人比较，只要做自己能做的事，干自己该干的活。我们每个人注定要回答自己的人生，而不是回答别人的询问和批评。人做好自己最最重要，做好自己就好，做最好的自己，最本色的自己。

　　愿我们从心做起，做好自己。

别把自己当好人

弘一大师在一次演讲中说："我常自来想，啊！我是一个禽兽吗？好像不是，因为我还是一个人身。我的天良丧尽了吗？好像还没有，因为我尚有一线天良常常想念自己的过失。我从小孩子起一直到现在都埋头造恶吗？好像也不是，因为我小孩子的时候，常行袁了凡的功过格，三十岁以后，很注意于修养，初出家时，也不是没有道心。虽然如此，但出家以后一直到现在，便大不同了：因为出家以后二十年之中，一天比一天堕落，身体虽然不是禽兽，而心则与禽兽差不多。天良虽然没有完全丧尽，但是昏聩糊涂，一天比一天厉害，抑或与天良丧尽也差不多了。讲到埋头造恶的一句话，我自从出家以后，恶念一天比一天增加，善念一天比一天退失，一直到现在，可以说是纯乎其纯的一个埋头造恶的人……啊！再过一个多月，我的年纪要到六十了。像我出家以来，既然是无惭无愧，埋头造恶，所以到现在所做的事，大半支离破碎不能圆满。"

一般人恐怕会认为，这样赤裸裸、毫无覆藏、不畏后人讥诮的告白，是弘一大师卑以自牧的谦虚之词。但我确信，这是他老人家的真心话，是他发自肺腑的真实话，是他诚实无欺的内心忏悔。其实，越是努力修行的人，越是能够看到自己的罪恶。正因为，大师看得到自己的罪恶，所以是大师；我们看不到自己的罪恶，所以是凡夫。须知，我们是"一千零四佛所放舍，所摒弃的众生"啊！

经常见闻有些人，自视"崇高""伟大""正确"，这使我经常想起北岛先生著名诗篇《回答》中的警句："卑鄙是卑鄙者的通行证，高尚是高尚者的墓志铭。"

我们不妨扪心自问，问问自己——自己是什么东西？！

哲人曾言："南阎浮提众生，其性刚强，难调难伏；举止动念，无不是业，无不是罪。"我们众生身口意三业行为，都是恶而非善，所谓"心常念恶，口常言恶，身常行恶，曾无一善"。我们是怎样的一个人？不是自以为是、自我感觉能够评定的，必须以法镜来观照，才能看清我们自己的本来面目。

所以，我们是怎样的众生？我们是怎样的一个人？不用再引经据典、旁征博引来举证阐明，以上述这几句话为法镜，来观照自己、审视自己，可以说，就一览无遗，非常清楚透彻了。

其实，我们静下心来反观自照的话，就会自觉自己是三毒炽盛、五欲强烈的众生。对我们喜欢的人、事、物，可以说是昼夜贪得无厌；对我们不喜欢的人、事、物，可以说是终日嗔恨不息。我们其实都是自私自利,凡事先己后人,凡事比较计较,不肯谦让,不肯牺牲。我们都有极其严重的劣根性,喜欢听是非,喜欢传播是非,幸灾乐祸,缺乏仁义礼智信,没有慈悲喜舍,不知柔和忍辱;我们凡事意气用事,贡高我慢;我们凡事都认为"我好他差""我对他错"——"我没有得罪人,我没有做错事,可是他却这样无理地对待我……"缺乏自省心、同理心、慈悲心和博爱心,不能接纳、包容、体谅他人。

须知,我们就是这样的人!

我们就是这样的凡夫!

千万不要以为自己还不错,是什么好人!

我深知,我自己就是这样一个彻头彻尾的烦恼具足的罪恶生死凡夫,若不觉悟,便永无出路。

切记,别把自己当好人!

你可以活得更好

有人曾说："生活的基本原则是了解自己，接纳自己，实现自己。用自己手中的彩料，去涂绘绚丽的人生图案；用你能掌握的资粮，在现实的机缘中，努力创作、学习和成长，建构美好的人生。"

如何活得更好？首先要活出自己的真实来。人必须活得真实，才有快乐和幸福。在当今这个纷繁多元的社会，要活出自己的真实，首要的，是要做到庄子所主张的"外化而内不化"。"外化"，就是你要有适应能力，要适应你生存的环境和社会的规范，就是要与天和，与地和，与人和。"内不化"，就是你要在内心坚持你认为美好的、喜爱的，值得你一生追求的东西，与自己和。因为，生存可以随遇而安，但生命必须有所坚持。很多人今天喜欢这个，明天喜欢那个，并不全是因为性情不坚定，更多的是因为还没发现自己真正在意的是什么。深入自己的内心，找到自己真正的喜爱，自然不会再因无法选择而困扰，也不会有今天喜好这个明天喜好那个的烦恼了。人生,就是一个不断地协调"坚持内不化"和"妥协外化"的过程。这是人生中的一对终极矛盾。这对矛盾处理得越好,你就越能实现"天和、地和、人和、己和",你的人生就越快乐,越精彩。

如何活得更好?就是在协调好人生这对终极矛盾的前提下,快乐地活在当下。当下即此刻。快乐地活在当下,就是尽心地投入当前的情境,并对当前的状况满意,就是吃饭时有滋有味地吃饭,睡觉时踏踏实实地睡觉,玩耍时轻松自如地玩耍,学习时认真刻苦地学习,干活时尽心尽责地干活,恋爱时酣畅淋漓地恋爱。林清玄说:"快乐活在当下,尽心就是完美。"在他看来,人生的每一刻都要尽量快乐,活在眼前这一刻,只要尽心了,就可以说是完美了,没有遗憾了。如果你今天还在牵挂昨天的事,今年还在计较去年的人,你怎么能快乐地活在当下呢?

如何活得更好?就是在协调好人生这对终极矛盾的前提下,努力扮演好自己的角色。每个人生都像是一朵花,只要努力,都能享受绽放的喜悦。每个人都是独特的,没有两个人是一样的,每个人的根性、因缘各不相同,每个人的兴趣、能力也不一样,每个人都是独一无二的花朵。有的是朵大花,有的是朵小花;有的花有香味,有的花没有香味;有的花色盛,有的花香浓;有的花开在春天,有的花开在秋季,但开花的喜悦都是一样的。所以,如果你是一朵水仙,就不要去羡慕牡丹的富贵;你是一朵蜡梅,就不要去奢望夏荷的温暖;你是一朵山兰,就不要去攀比玫瑰的艳丽。每一朵花都有自己的芬芳和美丽,人生的美好正在于此,只有认识自己、接纳自己、做好自己、欣赏自己,才能活出美好的自己。

每一个人唯有用心去生活,走自己的路,方能开出绚烂的生命之花,享受生命中的欢喜。

安时处顺乐天命

李白《春夜宴从弟桃李园序》文曰："夫天地者，万物之逆旅。光阴者，百代之过客。而浮生若梦，为欢几何？古人秉烛夜游，良有以也。"苏东坡《和子由渑池怀旧》诗云："人生到处知何似？应似飞鸿踏雪泥。泥上偶然留指爪，鸿飞那复计东西？"这些诗文，都是对人生的无常抱持的无限感慨。豁达的人，安时处顺，乐天知命，通情达理，面对无可奈何的人生，选择勇敢承担、宽豁大度。

《庄子·列御寇》中说："庄子将死，弟子欲厚葬之。庄子曰：'吾以天地为棺椁，以日月为连璧，星辰为珠玑，万物为赍送；吾葬具岂不备邪？何以如此。'弟子曰：'吾恐乌鸢之食夫子也。'庄子曰：'在上为乌鸢食，在下为蝼蚁食，夺彼与此，何其偏也！'""在上为乌鸢食，在下为蝼蚁食，夺彼与此，何其偏也！"庄子真是个豁达之至的人。

关于安时处顺、乐天知命，从庄子对待死亡的态度上，我们可以有更透彻、更深刻的了解。

先看他在《庄子·养生主》中讲述的"秦失吊老聃"的故事。老子死了，老子的朋友秦失去吊唁，他只在灵堂号哭了三声，就出来了。他的弟子奇怪地问："你难道不是老子的朋友吗？你怎么可以这样吊唁？"秦失回答说："我开始时是把他当一般人看待，后来一想，老子是安时处顺的人，不能如同一般人那样对待他。他来到世上，是偶然的，离世而去，是自然发展的必然结果，是顺应事物的客观规律而已。你看那些看起来哭得很悲伤的人，有不少并非出于真情，并不真想吊唁，并不真的悲伤，只是为了某种形式罢了。这种勉强的做法，其实是不合常理的，是违背天性的。"

由此，我联想到农村中常见的哭丧场景，有的哭丧者，看似哭得昏天黑地、死去活来，其实，这只不过是一种形式和惯例罢了，是做给人看的，因为哭罢而谈笑自若者随处可见、不乏其人。更有甚者，在有些地方，还有专门从事哭丧营利的"哭丧队"，只要出钱，谁家办丧事请他们去哭丧，他们便借真作假、按时赴哭。哭丧时，他们如同演戏一般，能够根据"丧情"需要，即哭即笑、即笑即哭，随机转换角色；不仅哭得如泣如诉、抑扬顿挫，而且还配之以手舞足蹈、活灵活现的肢体语言，堪称哭丧的民间艺术。在我看来，与其如此表演作秀，确实还不如不哭，或者，吊唁者干脆就像"秦失吊老聃"那样，礼节性地"三号而出"，反而让人感觉更自然、更真实一些。试想，那些在电视上经常看到的重要人物逝世的追悼会，不也是如此吗？除了个别死者的亲人以外，有多少出席者是真心哀悼的？绝大多数人都只不过是逢场作戏、装个样子罢了。

至于《庄子·至乐》中记载的庄子自己的妻子去世时,他始哭而后歌,则更能说明问题。他的朋友惠子见了,说:"你和妻子生活了这么多年,她为你养儿育女,她死了你不哭也罢了,竟然鼓盆而歌,岂不太过分了吗?"庄子回答说:"我妻子刚死的时候,我当然也是有感慨的。但后来想到,原本世界上并没有她这个人,连气、形骸都没有,后来变而为气,为形骸,为她这个人,现在只不过是变而为死罢了。她的从无到有、从生到死,只不过如同春夏秋冬四季交替一样,是一种自然现象。既然生死是一种自然现象,我痛哭流涕,那就是不懂天命。所以,我就不哭了。"

通过这两个故事,庄子无非是想要告诉世人这样一个道理:生死乃是自然规律,人们无须为之太过悲伤,应该安时处顺、乐天知命。

生死的问题,是人生最看不破、最放不下的事情,庄子把生死都放下了,那还有什么放不下的呢?再说,谁又能不放下呢?

好多年前,曾经看过一则报道,说一对外国的恩爱夫妻,妻子去世了,丈夫没有安葬她,而是一直将她安置在床上,使其后来成为一个木乃伊,二人依然长相厮守。这位丈夫看似情深,但实则违反了自然之道,他真应该好好学学庄子。

国人向来喜欢将死比喻成"回老家",应该说,是很有道理的。人生本来就是一趟匆匆之旅,无论是谁,都是过客,无论旅程长短,无论旅途的风景多么美丽,旅游完了,他都要回归到大自然这个"老家"中去,那里才是他的永久安居之所。唯其如此,方能"天人合一"。谁懂得了这一点,谁就懂得了安时处顺、乐天知命的道理。

风霜历尽悟超然

清代郑板桥先生《竹石》诗云："咬定青山不放松，立根原在破岩中。千磨万击还坚劲，任尔东南西北风。"

竹子为"岁寒三友"之一，是中国传统文化中高尚人格的象征。该诗前两句写竹子牢牢咬定青山，把根深扎在破裂的岩石之中，后两句则描述竹子虽然受到千万种磨难打击，依然坚忍挺拔，从容淡定，不管来自东南西北哪个方向的大风，都不能把它吹倒。诗人虽然是在赞美竹子坚定顽强的拼搏精神，却也在形容高尚之人应有的骨气和操守。但从另一角度而言，正因为能够不懈坚持，所以才能够淡定超然。可见，淡定超然是人生的修养。

人生之旅，变幻无常，难免会有各种风风雨雨的打击、挫折，只有历经苦难、饱尝风霜的人，最后才能悟出淡定超然的人格修养。北宋才子苏东坡先生，因为怀才遭忌，多次被贬——"心似已灰之木，身如不系之舟。问汝平生功业？黄州惠州儋州。"——就是他对自己命运蹭蹬、颠沛流离一生的概括总结和形象写照。他在"乌台诗案"后，被贬任黄州团练副使，其间作有《定风波》一词："莫听穿林打叶声，何妨吟啸且徐行。竹杖芒鞋轻胜马，谁怕？一蓑烟雨任平生。料峭春风吹酒醒，微冷，山头斜照却相迎。回首向来萧瑟处，归去，也无风雨也无晴。"他在该词的序言中说："三月七日，在沙湖道上赶上了下雨，拿着雨具的仆人先前离开了，同行的人都觉得很狼狈，只有我不这么觉得。过了一会儿天晴了，就作了这首词。"出行遇雨而无雨具，东坡先生就随缘自适，吟啸徐行，确实堪称自在。该词最后三句尤为精彩，回头望一眼走过来遇到风雨的地方，归去吧，对我来说，既无所谓风雨，也无所谓天晴。这是何等的洒脱和豪迈啊！唯有具备大智慧，能够大解脱的人，方能如此从容淡定、洒脱超然。

南宋蒋捷先生《虞美人》词云："少年听雨歌楼上，红烛昏罗帐。壮年听雨客舟中，江阔云低，断雁叫西风。而今听雨僧庐下，鬓已星星也。悲欢离合总无情，一任阶前，点滴到天明。"此词用精练的语言、鲜活的形象，高度概括了人生少年、中年、老年三个阶段的基本状况：少年不识愁滋味，为赋新词强说愁，把时光整天浪掷在歌楼酒榭之中，不知人生疾苦。中年为了家庭、事业、功名利禄，而奔波劳累、浪迹江湖，如同离群的孤雁，在凄风苦雨中搏击、悲鸣，尝尽了人生的酸甜苦辣和悲哀寂寥。待到了"鬓已星星也"的老年，一切悲欢离合，恩恩怨怨，全都看破看透，随缘放下，回归到淡定超然的生活。

古罗马哲学家西塞罗先生曾经说过这样一段话："一生的进程是

确定的,自然的道路是唯一的,而且是单向的。人生每个阶段都被赋予了适当的特点:童年的孱弱、青年的剽悍、中年的持重、老年的成熟,所有这些都是自然而然的,按照各自特性属于相应的生命时期。"

蒋捷先生的这首词和西塞罗先生的这段话,真可谓异曲同工,千古绝唱,说尽了人生的苍凉况味。所谓况味,是我们每个人都必须面对的种种无奈,不可改变的宿命以及不可逆转的规律。

晚清王国维先生在《人间词话》中提出了"人生三境界说":"古今之成大事业、大学问者,必经过三种之境界:'昨夜西风凋碧树,独上高楼,望尽天涯路。'此第一境也。'衣带渐宽终不悔,为伊消得人憔悴。'此第二境也。'众里寻他千百度,蓦然回首,那人却在,灯火阑珊处。'此第三境也。"紧接着,王国维先生又感慨地说:"此等语皆非大词人不能道。"我以为,"此等语皆非历尽人生磨难之人不能道"。凡庸之辈的人生境界,亦总在最后"蓦然回首",年过花甲才知道前五十九年之非。人生际遇,大抵如此,何须概言:"悲夫,呜呼哀哉!"

弘一大师圆寂前,曾手书二偈,开示弟子及诸友。其一云:"悲欣交集。"另一云:"君子之交,其淡如水。执象而求,咫尺千里。问余何适,廓尔忘言。华枝春满,天心月圆。"此等境界,殊胜超然,吾虽不能至,然心向往之,故而亦"悲欣交集",感慨系之。

梅子熟时栀子香

"过去事已过去了,未来不必预思量。只今便道即今句,梅子熟时栀子香。"这是元代石屋清珙禅师的一首著名的禅诗《山居》。诗句明白如话,诗意简单明了,但又直指人心。生活中,我们总是纠结于"过去"与"未来",瞻前而顾后,费尽思量、劳神悴形,却偏偏疏忽、忘却了眼前实实在在的"只今"。

南宋朱敦儒有一首《西江月》词云:"日日酒杯深满,朝朝小圃花开。自歌自舞自开怀,且喜无拘无碍。青史几番春梦,黄泉多少奇才。不须计较与安排,领取而今现在。""不须计较与安排,领取而今现在"和"只今便道即今句",词句虽然不同,但意思却颇为相近。

诚然,生命由无数的刹那组成,但生命中最重要的时刻,不是过去,也不是未来,而是现在。过去的已经过去了,"不须计较与安排",未来的还没有到来,也"不必预思量",最为紧要的,是"领取而今现在"，不悲过去，不忧将来，活在此刻，把握当下，努力把眼前该做的事情做好，别再留下更多的遗憾。

记得印度诗人泰戈尔在《飞鸟集》中曾经说过这样一句意味深长的话："如果你因失去了太阳而流泪，那么你也将失去群星了。"人不能生活和沉湎在对过去的记忆里。与其再为那些已经失去的过往而感伤，还不如重新背上行囊继续去寻觅"诗和远方"。

生活的喜乐，是安于当下的泰然。人生本来就是一场在烦恼中跌跌撞撞的旅程。要领悟生命，就要有勇气去面对那些因缘际会、纷繁复杂的种种坎坷，用淡然的心态去打量，用超脱的智慧去跨越，冷静、客观地面对那些曾经如影随形、不期而遇的烦恼。

"流光容易把人抛，红了樱桃，绿了芭蕉。"那些是非成败、得失烦恼，不过是人生长河里随时泛起的最平凡、最习见的几圈涟漪和几朵浪花而已，即使再多，也会有浪静波平的时候。我们要学会善待自己，善待生活，随时随地保持心灵的宁静，用随遇而安、得失随缘的心态，去享受"来得及"握住的每一个当下。

著名作家王蒙先生说："不论什么大人物都会有自己的精神危机，真正的强者不是从来不发生危机的人，而是发生了危机能咬着牙挺过去的人。"每个人都在烦恼的奚弄下承担着生命的沉重，没有人是天生的洒脱，只不过是从烦恼里逐渐学会了释然，学会了坚强，学会了随缘。正是生命中的烦恼磨炼和成就了心地的宽阔。

烦恼即菩提。解脱了烦恼的困惑，便能到达觉醒和智慧的彼岸。须知，切近生活，体悟自然，回归本真，把握当下，才是真正的觉醒之道。

远离"心死之忙"

白岩松先生在《幸福在哪里?》一文中说:"古人聪明,把很多的提醒早变成文字,放在那儿等你,甚至怕你不看,就更简单地把提醒放进汉字本身,拆开'盲'这个字,就是'目'和'亡',是眼睛死了,所以看不见,这样一想,拆开'忙'这个字,莫非是心死了? 可是,眼下的中国人都忙,为利、为名。所以,我已不太敢说'忙',因为,心一旦死了,奔波又有何意义?"

恕我管窥蠡测,我以为,白岩松先生这段话中所谓的"忙"字,基本可以理解为"心死之忙",即人们因心灵被名缰利锁束缚而失去自由,却不自知,还无休止地为名闻利养而疲于奔命。现代人的许多心理困扰,恐怕大都源自于"心死之忙"。"心死之忙",使人情绪变得紧张,容易焦躁、嗔怒,人际关系易起冲突。"心死之忙",也令人没有时间治疗、修复心理创伤。"心死之忙",使人忽略了友情,疏于彼此关怀,造成人际的疏离和冷漠。更为严重的是,"心死之忙",使社会变得扰攘,使人们的生活变得不安、肤浅和短视。正如英国哲学家罗素先生所言:"人太忙了,和许多美好事物无缘。"

洛·皮·史密斯先生说:"假如你正在失去悠闲,当心! 也许你正在失去灵魂。"人生需要留白和悠闲,唯有给自己的生活留出一点空白和悠闲,你的心灵才不会被俗尘所累。当我们囿于生活的逼仄和困顿时,应记得抬头看云,低头看花,用无所为而为的心态,用悠闲自适的心情,来抵御喧嚣浊世中飞扬的名利尘埃。作家梁文道先生在《悦己》中说:"读一些无用的书,做一些无用的事,花一些无用的时间,都是为了在一切已知之外,保留一个超越自己的机会,人生中一些很了不起的变化,就是来自这种时刻。"看云,看花,均系"无用之事",但在忙碌生活之余,适时为之,我们浮躁的身心便能安静下来,灵魂也会随之自由、轻盈。

悠闲不是无所事事、慵懒倦怠、虚度光阴,而是祛俗务、涤凡尘、净心境,让你在闲暇的时候能够放松一下自己,让忙碌疲惫的身心解脱尘劳的羁绊,在轻松愉悦中找到一个淡泊宁静的精神港湾,让心灵悠然散步,让人生闲适自得。可以说,悠闲,是一种内心的怡然境界;是一种良好的心灵状态;是"闲云不系从舒卷,狎鸟无机任往来"的洒脱;是"有缘即住无缘去,一任清风送白云"的彻悟;它让你清心自在,优游任运过生活,从而活出一个真正的自我。

很喜欢画家老树先生的题画诗:"春水绿的时候,我就河边一躺。听风看云吃茶,然后胡思乱想。""待到秋深时,结果黄满树。你们先忙着,我去云边住。"诗意栖居的他,在人生旅途上,以绿水青山为伍,与快乐悠闲为伴,听风看云吃茶,作画写诗怡情,过着令人钦慕的闲云野鹤般优游自在的生活。

作家林语堂先生说过:"悠闲的生活始终需要一个怡静的内心、乐天旷达的观念和尽情欣赏大自然的胸怀。"美学家朱光潜先生也说过:"忙里偶然偷闲,闹中偶然觅静,于身于心,都有极大裨益。"手中有事情,心中有闲情,人忙心不忙,才能把事情做好,把生活过好。远离"心死之忙"的人,才会有清醒的回应能力,身心才健康,生活才喜悦,人生才自在。《信心铭》上说:"自在无碍,所作皆成。"

人的一生,劳劳碌碌,汲汲营营,到底所求何事?苏格兰哲学家托马斯·卡莱尔先生说:"没有在深夜痛哭过的人,不足以谈人生。"死过一回,再活现成。没有从死亡边缘擦身而过的人,不会真正领悟生命的可贵。人生,当然应该尽己所能、奋发进取,建功立业、服务社会,但也应该好好享受,在每天辛苦工作之余,有时也要犒劳一下自己。人们不应该只像蛆钻粪似的活着,所以千万不要亏待自己,不必要求自己一定要出人头地,争得一片所谓的"灿烂的天空"。每个人的资质各异、条件有别、能力不同,不是每个人都能成为马云、成为赵丽颖。人生,最重要的,是做好自己。从了解自己开始,接纳自己,肯定自己,看重自己,喜欢自己,成就自己,享受自己,悦乐自己。每天再忙,也要留一点时间给自己,留一点空间给自己,留一点闲情给自己,做一些无所为而为的"无用之事"。一个能善待自己的人,才能宽待别人;没有一个人不爱自己而有能力去爱别人;如果每一个人都能爱自己,都能看重自己,这个世界恐怕就不会再起纷争。我这里所谓的爱自己、看重自己,并不是自私自利,而是扩展肚量、豁达胸怀,学习天地一样的博大宽广、日月一样的光明磊落。

如果生命只剩下一个星期,你会怎么度过?我想,如果把每天都当作生命中的最后一天,我们恐怕就会非常珍惜,而不会再计较,不会再奢求,不会再执着,不会再耽于名利之累、"心死之忙"。苏东坡等古哲们说,人生如"隙中驹、石中火、梦中身",是非常短暂和脆弱的。人身难得,生命可贵,须善自珍惜。人生中,我们各尽所能、尽力而为即可,能做多少就做多少,不要强迫自己去追求自己做不到的事情,或是勉强自己去做自己根本不想做的事情,否则,绑于名缰利锁,耽于"心死之忙",就无法真正成就自己,享受自己,悦乐自己。

人生的航船需靠自己把舵,无须攀比,不必跟风,当名利之尘、"心死之忙"将遮蔽你光明的心性,干扰你悠闲的生活,弄丢你自由自在的灵魂时,你可以理直气壮地说"不",因为做好自己,做真正的自己,提升心灵境界,才是最最重要的。

以不如意为如意

友人近来颇不如意，心情郁闷难受，约我于某茶室喝茶聊天。他告诉我，前段时间，自己被某个所谓的多年好友坑苦了。他反复诉说自己以前是如何不遗余力、不计回报地帮助那个朋友，想不到后来双方因一事不和，发生严重分歧，朋友竟恩将仇报，伙同他人设计陷害他，导致他生意上惨遭巨大损失，几百万元资金化为乌有……言谈间，他痛心疾首、悔恨交加，斥责自己当初瞎了眼睛，结交了如此人渣，说至激动处，竟然涕泪交加，心情久久难以平静，并对诸如"一个篱笆三个桩，一个好汉三个帮""在家靠父母，外出靠朋友""朋友多好办事，多个朋友多条路"等等俗言俚语，产生了极大的怀疑。我尽己所能和颜悦色地对其加以抚慰，并缓缓地对他说，你刚才所说的关于朋友的这些俗话，讲的都是朋友的正面效用，我老家有几句关于朋友的俗话，却是讲朋友的负面效应的，我以为，见地颇为深刻，不妨说给你听听：一句是"吃朋友的亏";一句是"害你的多是朋友";还有一种说法是,称朋友为"朋有",意为你那里有利可图,人家才会向你聚拢。他听后,感叹道:"至理妙言,闻说恨晚。"

友人是受过"三皈"的佛教徒,曾经听经闻法和参加过一些寺院的佛事活动。我不揣冒昧、班门弄斧,絮絮叨叨地用自己所知不多的佛言圣语来劝导他,事后看来,似乎确实收到了比较好的效果。其实,我所讲的这些道理,他本来就懂得的,并不需要我来宣说。当时,我的一席并不怎么高妙的劝慰话,之所以能够对化解排遣他的郁闷情绪发挥一些作用,我想,或许就是"当局者迷,旁观者清"的缘故吧。

一般而言,我们凡夫都非常理想化地理解和看待所谓的亲朋好友,殊不知这些亲朋好友有朝一日也会反目成仇,顷刻间变成睚眦必报的仇敌:今天的亲朋好友,或许就是明天的冤家对头。凡夫就是这样的本性,俗世就是这样的社会。曾经亲密无间的至爱亲朋反目成仇的事情,从来都司空见惯,尤其在五浊恶世,这种令人痛心的现象只会愈演愈烈,不会因为什么特别的情况而有稍许的改变。

对于这些所谓的亲朋好友,即使你想尽一切办法让他们高兴、哄他们开心,努力去为他们付出,有一天也会因为一言不合、一事不和,与你反亲为仇、变友为敌,对你剑拔弩张、恶言相骂,甚至明枪暗箭加害于你。所以,发菩提心,真正去普惠众生,实在是一件很难的事情,用袭应供先生的话来说,就是"于此五浊恶世,行此难事,是为甚难"。

虽然我们自己也还是罪恶生死凡夫,但你既然已经皈依了,发菩提心了,就要去弘法利生,因此难免要跟社会上形形色色的凡夫打交道,这个时候,你自己心里必须十分清楚:"即便我做什么去使他们受益,或许他们还会反过来伤害我,这是凡夫的本性所致,我应无怨无悔。"倘若你明白了这些,做好了充分的心理准备,即使他们变化无常、恩将仇报,你也不会在乎和计较,这样,你才能真正做到"宁可他负我,决不我负他"、损己利人、惠济群萌。无论他们高兴还是不高兴,开心还是不开心,对你好还是对你不好,伤害你还是不伤害你,你都会把它看成是一种正常现象。因为人世间的事情,本来就是变化无常的。因为无常,所以正常。唯其如此,任何时候,你才能保持内心平静、毫不动摇,这也是佛陀所谓的看破、放下。

中国台湾教育家张保康先生曾说:"我们常说人生不如意事十之八九,那么遇到不如意的事,不正如我们所意吗?以不如意为如意,人生还有什么不如意?"如果我们能够以逆为顺,那么遇到顺境,就更能如鱼得水了。人生没有过不去的事情,只有过不去的心情。倘能"以不如意为如意",也就没有什么过不去的心情了。

宁作我，岂其卿

《世说新语·品藻》载："桓公少与殷侯齐名，常有竞心。桓问殷：'卿何如我？'殷云：'我与我周旋久，宁作我！'"这段话的意思是，桓温年轻的时候就与殷浩齐名，相互之间常有竞争之心。桓温问殷浩：现在你和我相比，你不行了吧？来向我学习、像我看齐，做我这样的人吧。殷浩回答说：我和我自己打交道已经很久了，我还是宁可做我自己！

这则逸事的背景梗概是：东晋时，桓温与殷浩是自小共骑竹马的好友，成人后又是被誉为一时瑜亮的朝中重臣。然桓温恃功自傲，把持朝政，轻视殷浩，殷浩又不服他。会稽王（即后来的简文帝）辅政时，见时任扬州刺史的殷浩"有盛名，朝野推服"，即"引为心膂，与参综朝政，欲抗桓温"，于是，桓殷之间的矛盾更加激化。后来，桓温趁殷浩北伐兵败之机，上表弹劾，皇帝将殷浩贬为庶人。

上述这则对话,便发生在这个时候。此时,桓温正处于人生顶峰,志得意满;而殷浩则是从顶峰跌落到谷底,心如死灰。但殷浩毕竟是睿智的。面对沾沾自喜、不可一世、咄咄逼人的桓温的刁难,他的回答可谓精妙绝伦,留给人们很大的思索空间。

这个回答的精妙之处在于,殷浩独辟蹊径,巧妙地避开了桓温预设好的、欲置他于尴尬境地的陷阱,出奇制胜,从而捍卫了自己宝贵的人格尊严。孔子曰:"三军可夺帅也,匹夫不可夺志!"尽管处于人生至暗时刻,身为庶人的殷浩还是义正词严、铿锵有力地表达了自己"绝不屈志于人"的人生准则。他既没有"我不如卿"的甘拜下风,也没有"卿不如我"的狂妄自大,更没有"我欲如卿"的屈膝投降,而是在气定神闲、委婉含蓄、刚柔得体、游刃有余中,成就了"我与我周旋久,宁作我"的坚韧不拔。

汪曾祺先生极为欣赏殷浩的这句名言,他在《谈风格》一文中说:"一个人的风格是和他的气质有关的。布封说过:'风格即人。'中国也有'文如其人'的说法。人和人是不一样的。取舍不同,静躁异趣。杜甫不能为李白的飘逸,李白也不能为杜甫的沉郁。苏东坡的词宜关西大汉执铁绰板唱'大江东去',柳耆卿的词宜十三四女郎持红牙板唱'今宵酒醒何处,杨柳岸晓风残月'。中国的词可分为豪放与婉约两派。其他文体大体也可以这样划分。……一个人要使自己的作品有风格,要能认识自己、发现自己,并且,应该不客气地说,欣赏自己。'我与我周旋久,宁作我。'一个人很少愿意自己是另外一个人的。一个人不能说自己写得最好,老子天下第一。但是就这个题材,这样的写法，以我为最好，只有我能这样写。我和我比，我第一！一个随人俯仰，毫无个性的人是不能成为一个作家的。"他说自己是个只会写"小桥流水"的人，但在"十年浩劫"时期，也只好跟着"文革旗手"唱了十年空空洞洞的豪言壮语。写这些文字时，他已步入晚年。

南宋著名词人辛弃疾《鹧鸪天·博山寺作》词云："不向长安路上行，却教山寺厌逢迎。味无味处求吾乐，材不材处过此生。宁作我，岂其卿。人间走遍却归耕。一松一竹真朋友，山鸟山花好弟兄。"表面看来，这是一首宣泄厌弃官场、决意归隐的小词，但实际上，却是英雄人格意识的变相表达，彰显了作者宁作独立不阿的自我，绝不屈志附人以求名利的坚强决心。稼轩先生一生力主抗金、收复失地，以恢复中原为志，以功业自诩，却命运多舛、备受排挤，把栏杆拍遍，也未酬其壮志。

现代中国花鸟画大师、浙派中国画首领人物吴茀之先生，早年曾登门求证于著名书法家、画家经亨颐先生。经先生看过他的画作后，直言不讳地指出："'昌气'太重，做第二个吴昌硕有什么意思？今后不要去看吴昌硕的画，要画自己的画，写自己的字，立自家面目。"这番话，对吴茀之的思想触动很大，从此，他的画风发生了重大转变。吴茀之存有一枚"宁作我"的印章，以谨记经先生的告诫，时时警醒自己。

人的一生，也许就是一个不断寻找自我的过程。"我与我周旋久，宁作我"，词约指明，我理解，其实讲的就是认识自己、发现自己、做好自己，进而肯定自己、欣赏自己。然而，现实中，我们有多少人能够真正认识自己、发现自己、做好自己？有多少人能够特立独行、不随人俯仰？有多少人能够不群从趋同、佞伪驰骋、苟合求媚于世？我想，哲学家们可能也做过这样的思考吧？否则，古希腊哲学家苏格拉底怎么会发出"我是谁"的自我拷问呢？

俗话说："人皮难披，好名难得。"看来，做独一无二的自己，恐怕实在也不是那么容易的。但是，纵然再难，我亦"宁作我，岂其卿"，因为，"人生贵得适意尔"。

认识自己，做好自己

在希腊帕尔纳索斯山的德尔斐神殿门上铭刻着这样一句著名的箴言："认识你自己！"它被认为是太阳神阿波罗的神谕。古希腊和后来的哲学家都喜欢引用它来规劝世人，苏格拉底当年在讲学时也常常引用这句话。

人最大的敌人是自己，最大的障碍是不识自我，也就是没有自知之明，不能正确地认识自己、肯定自己和把握自己——不知道自己毕竟是自己。在顺境的时候，忘乎所以；在逆境的时候，自暴自弃。

人在得意之时，往往容易妄自尊大，把自己估计过高，似乎一切所求的东西都能唾手可得，甚至把运气和机遇也看作自己身价的一部分而喜不自胜。这时候的人，会飘飘然，会不由自主地一反常态，变形成非我，往往是最危险的，最容易犯下大错的时候。所以，人越是在这个时候，越要谨记"认识你自己"的箴言，保持平常心，让自己身上少一些傲气、邪气，多一些朴实和淡定。

与"得意"相反，"失意"则是人生的另一极端。人在失意的时候，又往往容易妄自菲薄，把自己估计过低，把困难和不利也看作自己的无能，而实际上是被怯懦的面具窒息了自己鲜活的生命。其实，人最难的修养，是做到"贫贱不能移"。所以，人在失意时，更加需要认识自己，更加需要坚定信念，奋力拼搏，努力走出人生低谷。巴顿将军说："衡量一个人成功的标准，不是看这个人站在顶峰的时候，而是看这个人从顶峰上跌落谷底之后的反弹力。"

澳大利亚著名作家格里高利·大卫·罗伯兹说："命运早晚会让我们和某些人相遇，一个接一个。而那些人让我们知道，我们可以让自己，以及不该让自己成为什么样的人。"

每个人生来都是一块宝，都是一个与众不同、独一无二的个体，都有实现生命的潜能，都应该认识自己独特的禀赋和价值，从而去开展自己的人生，绽放自己的生命光芒，真正成为自己。

禅家认为，每一个人既然不同，就应该自我认识、自我肯定，依照自己的能力、兴趣、因缘去过现实的生活，这样的生活就是见性；倘非如此，就会自我迷失。所以，唐代长庆慧稜禅师有一首诗这样写道："万象之中独露身，唯人自肯乃方亲。昔时谬向途中觅，今日看来火里冰。"每一个人都应该肯定自己，接纳并实现自己的人生，这样，才能活得亲切、喜悦和幸福。如果拿自己跟别人比较，要让自己活得跟别人一样，或者一味在人群中追求虚名，沽名钓誉，无非是一场镜花水月，到头来就像在火里找冰一样荒谬绝伦。

确实，我们每个人都是自己的花朵，但要清楚自己究竟是一枝什么样的花朵。须知，我们虽然有很多优点，但也有不少缺陷。我们虽然有一些缺陷，但也有足够的潜能去学习好，工作好，生活好。我们虽然不一定成为一棵参天大树，但至少可以是一棵好的小灌木——即使是一株小草，也会有春天里的生机。我们虽然不一定是江海中的大鱼，但至少可以当一条溪流中活泼喜悦的小鱼。我们虽然不一定是庄子所说的大鹏，但至少可以是一只快乐的小鸟。

孔孟圣人说，修身养性，贵在推己及人——"己所不欲，勿施于人""己欲立而立人，己欲达而达人""老吾老以及人之老，幼吾幼以及人之幼"。人这辈子干什么来了？我理解，人的价值就是让其他生物活得更好，这个社会因为有了你而多一份美好，千万不要让这个社会因为有了你而多了一份痛苦或者不好。我领会，学习就是修行，工作就是修行，生活就是修行，做任何事情都是修行，都是修身养性。修身养性就是认识自己、管好自己、做好自己，不指责他人、不危害他人、不危害社会、不危害自然。如果你有能力，就去做一个对他人、对社会、对自然有益的人。千万不要叫人家学雷锋，而自己却在学和珅，即使现实生活中这样的人多了去了，正直的人也不要学他们。

人生在世，无论如何，最终，我们都将是一个人的，面对自己（真正陪伴你终生的只有你自己的心灵和自己的影子），面对死亡，应该仰不愧天、俯不愧人、内不愧心，泰然自若、视死如归。人生无非是把每一天该走的路走好，该做的事做好，该吃的饭吃好，该睡的觉睡好，做好自己，宽待他人，布道自然。把每一天该做的事做好，就是认认真真、踏踏实实、勤勤恳恳地做好当下的每一件具体事。易事、难事、苦事、好事、窝囊事,凡事都一丝不苟地去做。易事认真做,难事用心做,苦事尽力做,好事朝更好的方向去做,窝囊事更理智地去做。不因其易而轻视,不因其难而退缩,不因其苦而放弃,不因有功而自傲,也不因无过而自喜。因为干好本职工作是我们每个人应尽的本分、责任和担当。只有这样,我们才不枉度人生之旅。

放下焦躁，学会淡定

　　说到淡定，不禁使人联想到苏东坡先生与佛印和尚的一则趣谈。当年，佛印驻锡于长江南岸，苏东坡供职于长江北岸。一日，苏东坡过江拜访佛印未遇，留下一诗云："稽首天中天，毫光照大千。八风吹不动，端坐紫金莲。"佛印回来后见此诗，批一"屁"字，叫人送给苏东坡。苏东坡看后很生气，立马操舟过江理论。佛印笑着说："八风吹不动，一屁过江来。"面对人生的种种挑战、挑衅，我们不也常常憋不住气，而做出既可笑又可气的事吗？

　　追求淡定的人生，须从不贪、不争、不求着手，而且要勿骄勿躁。一位哲学家在树下休息，骄傲的国君经过他的身边，问："哲学家，有什么可以帮你的吗？"哲学家回答说："国君，你唯一能帮忙的，就是请让开一点，不要遮住我的阳光。"哲学家之所以气定神闲、悠游自在，是因为国君的尊贵并不是他羡慕和追求的，真可谓人到无求品自高。

公元 383 年发生一场以少胜多的著名战役——淝水之战。东晋以 8 万人马，打败了号称百万人马的前秦 80 万大军。当捷报传回首都建康的时候，宰相谢安正好跟朋友在下棋，他随意看过后，便搁置一旁，继续下棋，似乎一切皆在意料之中，神情十分笃定。友人相问，他也是淡淡地说，没什么，就是孩子们已经把敌人打败了。然而，他下完棋步入室内过门槛时，木屐屐齿碰断了而不自觉，可见谢安内心仍是起伏不定的，不过，在下棋的当下，能够显示他的淡定，已经非常难能可贵了。

在这个充满焦虑的年代，很多人整天神经紧绷，忙碌、慌乱。人们的情绪非常容易冲动，甚至常想做出一些不理性的事，说出一些不理性的话，既伤人又损己。提升抗压能力，首先，必须建立正向的人生观。凡事都有正反两面，乐观的人看到问题后面的机会，悲观的人看到机会前面的问题。凡事如果只看到负面影响，则易陷入消极、悲观、焦躁、不安，而能够从正面看待问题，则积极、乐观、自信、沉稳。

其次，要培养豁达的心胸，体悟生命的无常、短暂。人生是计较不完的，不与别人计较的人，别人一般也不会与他计较，愈是计较的人，愈是得不到好处，占不到便宜。"常恨此生非我有，何时忘却营营"，不止苏东坡有此浩叹，所有世人都应有此领悟。

然后，要学习自我的松弛。我们虽然不是拥有很多，但也不是一无所有；我们虽然失去一些，但不是失去全部。每个人的生活都不容易、都很苦，我们并不是最苦，当我们为自己没有鞋子穿而苦恼的时候，要想到有的人连脚都没有。所以要学习放轻松，不要把日子填满，留一点时间给自己，留一点生命给自己，不要和自己过不去。花开花谢，潮起潮落，都是自然的现象，不要给自己太多的压力。吃惯大鱼大肉的人，偶尔吃吃萝卜青菜，也会感到是人间美味。

接着，要调适生活的习惯。健康之道，最重要的就是要有正常的生活，饮食起居定时定量、规律节制。生活习惯有好有坏，我们要减少坏的生活习惯，如酗酒、抽烟、熬夜，都有害身心健康；我们要培养好的生活习惯，如早睡早起、定时运动和休闲。许多人嘴上说养生，身体却"轻生"；一边敷着最贵的面膜，一边熬着最长的夜；一边收藏养生指南，一边胡吃海喝。

还有，要降低欲望的追求。欲望是痛苦的根源，不管是物质的欲望或是精神的欲望，如果不能满足、实现，就会造成各种的苦恼，甚至带来不同的疾病。《菜根谭》中说："宠辱不惊，闲看庭前花开花落；去留无意，漫随天外云卷云舒。"欢喜随缘，何等自在。快乐不是拥有很多，而是要求很少。一个人能够降低对欲望的追求，才能够从容不迫、不急不躁、泰然自若。

人生没有回得去的事，也没有过不去的事。我们想放下烦恼，放下痛苦，放下不安，放下恐惧，放下一切不健康、不快乐的事情，一定要从改变心态开始，学会在恬淡中生活。能够淡定，才能放下。

几时归去，作个闲人？

两百多年前，乾隆皇帝和纪晓岚双双站在长江边。望着烟波浩渺、水天一色的万里长江和江中桨动船飞、千帆竞渡的场景，乾隆爷捻须沉吟，动了哲思，问身边的文豪纪晓岚："这江中行船当有多少？"纪晓岚岂是等闲之辈，随即朗声应道："回皇上，两只！""哪两只？"乾隆爷追问。"一只为名而来，一只为利而往。"纪晓岚解释道。纪晓岚的机智回答看似绝对、偏激，实则高度、准确地概括了五浊恶世之中芸芸众生的心理和生存状态——追名逐利。

《史记·货殖列传》云："天下熙熙，皆为利来；天下攘攘，皆为利往。"人生中，有太多功名利禄的追逐，填不满的欲壑，负不完的责任，达不成的目标，让人尽其形寿殚精竭虑，无法轻松。人们就像一只只提线木偶，被欲望之魔玩弄于股掌之间，被名缰利锁牵束得疲惫不堪，真可谓"生命不息，追逐不止"。即使是无论荣辱都可坦然对待的苏东坡先生，在人生的颠簸中，也对自己发出了"几时归去，作个闲人？"这样的设问。

他在《行香子·述怀》词中云："清夜无尘，月色如银。酒斟时、须满十分。浮名浮利，虚苦劳神。叹隙中驹，石中火，梦中身。　虽抱文章，开口谁亲。且陶陶、乐尽天真。几时归去，作个闲人？对一张琴，一壶酒，一溪云。"

这首词中抒发了作者把酒对月时的襟怀意绪，流露了人生苦短、知音难觅的感慨，表达了自己渴望摆脱世俗困扰的隐逸之意。

从该词中，我们不难看出，苏轼想做的这个"闲人"，并非一般所谓的无所事事之人，而是"闲世人之所忙，忙世人之所闲""对一张琴，一壶酒，一溪云"的风雅氤氲的悠闲之人。

我理解，悠闲，是一种难以言传的心灵状态和生活境界。它是陶渊明"采菊东篱下，悠然见南山"的怡然自得；是白居易"晚来天欲雪，能饮一杯无"的欢然邀约；是王摩诘"行到水穷处，坐看云起时"的超然禅意；是孟浩然"待到重阳日，还来就菊花"的盎然兴致。从容闲适、悠然自在、洒脱旷怡、心无挂碍、淡泊宁静等等词语，大概都可以拿来做悠闲的注脚。悠闲的特性与珍贵，在于它是一种即时放空而感觉此刻即是恒久的湛然心境。在旷日持久、费心劳神的俗世生活中，我逐渐学会和习惯了让自己的内心随时葆有一份悠闲之乐。

悠闲之乐，乐在可以做自己想做和喜欢做的事情。清人涨潮在《幽梦影》中说："人莫乐于闲，……闲则能读书，闲则能游名胜，闲则能交益友，闲则能饮酒，闲则能著书。天下之乐，孰大于是？"

悠闲之乐，乐在传心、见道和会心。明朝洪应明所著《菜根谭》曰："鸟语虫声，总是传心之诀；花英草色，无非见道之文。学者要天机清澈，胸次玲珑，触物皆有会心处。"

悠闲之乐，乐在心性随缘、任运自在。唐朝百丈怀海禅师《随缘》诗云："幸为福田衣下僧，乾坤赢得一闲人。有缘即住无缘去，一任清风送白云。"元稹《酬孝甫见赠其六》诗云："莫笑风尘满病颜，此生元在有无间。卷舒莲叶终难湿，去住云心一种闲。"这两首字字珠玑的禅诗，犹如声声晨钟暮鼓惊醒俗我：自己何不学一袭白云，任随清风吹送，随处适意，安闲自在，潇洒度日？

"几时归去，作个闲人？"这个问题，说好回答，也好回答；说不好回答，也不好回答。闲由心生。如果不能调适好自己的心态，无论是功成名就的得意人、财务自由的有钱人，还是名利受挫"怕人寻问，咽泪装欢"的失意人、"归园田居"的隐逸人，谁都难以真正体会到悠闲的乐趣。

在我看来，能享受悠闲之乐的人，必有一颗丰富清明的心灵，有崇尚俭朴生活的爱好；能处淡守真、安于寂寞，不汲汲于功名利禄、不斤斤计较于人我是非。这样的人，才有资格享受真正悠闲的生活。可以肯定地说，那些竟日奔波在邯郸道上的名利客，是断断做不了这样的"闲人"的。

赏心乐事在心间

南朝宋时期的诗人谢灵运在《拟魏太子邺中集诗八首序》中说："天下良辰、美景、赏心、乐事,四者难并。"

"良辰、美景、赏心、乐事,四者难并"的原因,并不是苍天吝啬,而是人们自心作祟,是心境破坏了原本美好的氛围。其实,生活中并不缺少良辰美景、赏心乐事,而是缺少一颗发现和欣赏它们的心。

日子都是一样的,是我们自己将它过得阴晴圆缺、悲喜不定、爱恨交加。丰子恺先生在《豁然开朗》一文中说:"你若爱,生活哪里都可爱。你若恨,生活哪里都可恨。"

有人说:"生命有时候就如同一场雨,看似美丽,但更多的时候,你得忍受那些寒冷和潮湿,那些无奈与寂寞,并且以晴日幻想度日。当没有阳光时,你自己便是阳光;当没有快乐时,你自己便是快乐。"

葡萄牙诗人费尔南多·佩索阿有一首题为《你不快乐的每一天都

不是你的》诗,是这样写的:"你不快乐的每一天都不是你的:你只是虚度了它。无论你怎么活,只要不快乐,你就没有生活过。夕阳倒映在水塘,假如足以令你愉悦,那么爱情,美酒,或者欢笑,便也无足轻重。幸福的人,是他从微小的事物中汲取到快乐,每一天都不拒绝自然的馈赠!"

宋代徐安国在《蓦山溪·早梅》词中言:"赏心乐事,又也何曾废。"宋代张鉴的《赏心乐事》,就是当时"十有二月燕游次序"的罗列;宋代苏轼的《赏心乐事十六件》,则是东坡先生平凡琐碎生活的风雅抒写;明代吴从先的《赏心乐事五则》,则是作者日常文娱生活的诗化描述;当代作家孙犁先生的"赏心乐事",是冬日的上午,阳光暖暖地照耀在书桌上,没有人打扰,时间全归他所有,裁纸、装书。孙犁不喜欢应酬和热闹,1975 年 11 月,他被安排出国访问,但他放弃了,理由是自己不会打领带。这是许多人求之不得的美差,有人觉得去热闹的地方是一件赏心乐事,他却在自己简陋的老房子里用文字来充盈生命。他在《书衣文录》里怡然写道:"1975 年,11 月 6 日上午,冬日透窗,光明在案。裁纸装书,甚适。"

辛弃疾《鹧鸪天·博山寺作》词云:"一松一竹真朋友,山鸟山花好弟兄。"以一颗美好的心灵去看待世界、去欣赏生活,则处处花香馥郁——赏心乐事在心间。

从小事中汲取快乐

葡萄牙诗人费尔南多·佩索阿有一首题为《你不快乐的每一天都不是你的》诗，是这样写的："你不快乐的每一天都不是你的：你只是虚度了它。无论你怎么活，只要不快乐，你就没有生活过。夕阳倒映在水塘，假如足以令你愉悦，那么爱情，美酒，或者欢笑，便也无足轻重。幸福的人，是他从微小的事物中汲取到快乐，每一天都不拒绝自然的馈赠！"

读这首诗，会让你感到诗人佩索阿好像是在跟你聊家常。聊什么呢？怎样做一个幸福的人。他开门见山地告诉你："你不快乐的每一天都不是你的：你只是虚度了它。"——真是一语惊醒梦中人：我们竟日奔波在邯郸道上，几乎失却了感知幸福的能力，只不过是虚度年华而已。

如果说幸福是一个过于遥远和缥缈的词，那么夕阳倒影中闪烁的波光、葡萄园里飘逸的美酒的醇香、玫瑰色天空下荡漾的恋人的欢笑……这一切似乎都是真实而可爱的快乐。因为,幸福的人,能"从微小的事物中汲取到快乐,每一天都不拒绝自然的馈赠"。

毋庸置疑,自然的馈赠是慷慨的。它们是流淌在生活中每个瞬间且稍纵即逝的美好,是生活中小小的温暖与快乐。用时下一个颇为流行的词来说,叫作"小确幸"——"微小但确切的幸福"。如果我们细心地将日常中这些"小确幸"一一捡拾起来,便能品味到生活的芬芳和人生的美好。

其实,我最初读到"小确幸"这个词的时候,是感到有点别扭而不太喜欢的,总觉得它少了汉语词汇那种特有的味道。在我得知这个词是日本著名作家村上春树发明创造的,并买了他那本有安西水丸配画的随笔集《兰格汉斯岛的午后》,读了那篇关于"小确幸"的文章之后,心里也就释然了。

虽说"小确幸"一词是舶来品,但是,懂得欣赏和享受生活中细小而确实的快乐,吾国吾民却由来已久。我国古代很多文人都有一颗非常有趣的灵魂,他们很擅长发现并制造生活和自然中的"小确幸"。譬如唐朝白居易的《问刘十九》诗:"绿蚁新醅酒,红泥小火炉。晚来天欲雪,能饮一杯无?"宋代曾几的《三衢道中》诗:"梅子黄时日日晴,小溪泛尽却山行。绿荫不减来时路,添得黄鹂四五声。"杨万里的《桑茶坑道中》诗:"晴明风日雨干时,草满花堤水满溪。童子柳阴眠正着,一牛吃过柳阴西。"诸如此类的"小确幸"境界,在我的古典诗词中,可谓比比皆是、不胜枚举。当年,林语堂先生大力倡导的闲适生活,便颇有

"小确幸"的味道。他说:"人生幸福,无非四件事:一是睡在自家床上;二是吃父母做的饭菜;三是听爱人讲情话;四是跟孩子做游戏。"他还喜欢一边吃花生,一边写作。这些经典描述,无疑都是对"小确幸"的最好诠释。

人生需要"小确幸"。正如村上春树所说:"没有小确幸的人生,不过是干巴巴的沙漠罢了。"

"小确幸",不是生存状态,而是一种人生态度,关键在于你对幸福的感知。因为幸福不取决于你拥有物质的多少,而取决于你感知幸福能力的强弱。一个没有感知幸福能力的人,无论他多么富贵,他都不会幸福;一个能感知幸福的人,无论他多么平凡,他都是幸福的。以诗人佩索阿的眼光来看,所谓的"小确幸",就是你能"从微小的事物中汲取到快乐",每一天都不拒绝生活和自然的馈赠;就是从平淡中看见欢喜,从烦琐中发现愉悦。它未必能让你激动,却细腻、温暖,经得起咀嚼,细细品味,韵味悠长,能让你从平淡如水的日子里体会到一丝甘甜和些许慰藉。

每个人的生活都有不如意、难过的时候,难免会有各种各样的"小不幸",但千万不要忘记,也还有一个个实实在在的"小确幸"。其实生活真的很美好,只要用心去感受,你就会发现日常中有许许多多的"小确幸"。"小确幸"一直就在我们身边,只等我们去发现——生活中,处处都有"小确幸"。

珍惜小福

"生命诚可贵,活着就很好。若能心知足,幸福享不了。"这是某次朋友聚会时,我应友人之命,信口打油的小诗《幸福》。朋友说:"照这样看来,你衡量幸福生活的标准恐怕也太低了。"

说实在的,我并不认为自己衡量幸福生活的标准太低,而是觉得有些人的标准太高,古今中外,抱持我这种幸福观的人恐怕为数不少。犹太裔作家以撒·辛格说:"世界上有这么多苦难,唯一的补偿是:生活中小小的欢乐、小小的悬念。"按照以撒·辛格先生的说法,细细想来,生活中值得幸福快乐的事情,确实真的很多。

宋代无门慧开禅师《颂平常心是道》诗云:"春有百花秋有月,夏有凉风冬有雪。若无闲事挂心头,便是人间好时节。"你看,光是春天明媚的百花、秋夜皎洁的月色,就能温润你的心田;夏夜习习的凉风、冬天晶莹的白雪,就能令你神清气爽;人际中若有诚挚的友情,就能令你欢欣快乐；工作之余，若能适度地把握悠闲，就会有更多的盎然生趣。生活中的你，心里若无闲事挂碍，就会觉得悠游自在，就会感到日日是好日，夜夜是良宵。生命的美好，正在于人们善过已实现的生活和欣赏现成的一切。

人们之所以会觉得人生过得勉强、悲催，难以应付"山大"的生活压力，往往是由于不懂得珍惜身边随处可见的小福。许多人日夜期盼的都是升官、发财等可望而不可即，或者说来之不易的大福，而不知道珍惜日常中点点滴滴的美好。这样，便使日子过得勉强、困顿和艰涩寡味。须知，人生很少有升官、发财等时来运转的大福，却有许许多多、实实在在的小福。只有升官、发财等大福来临才能够快乐的人，恐怕十之八九总是不能如愿以偿。

现实中，许多人感到无聊、沮丧和忧郁，大都是因为得不到自我渴望的大福，造成了精神空虚、焦虑和绝望。他们不能客观地自我评判、自我接受，胸怀不合理的抱负水准，盲目去跟别人攀比，所以常常陷入极度焦虑与彷徨的境地。你必须了解，人不可能用自己所没有的东西去生活，只有确立了适合自己的目标责任时，你才能真正领略和享受到幸福生活的乐趣。认清自己、接纳自己，根据自己的根性、因缘和拥有的资粮、条件去努力，去生活，去感受和品味生命中取之不尽、用之不竭的涓涓小福，这才叫幸福。

作家张玲英在《幸福就在当下》一书中这样写道："幸福就是你饥饿时的一餐饭；幸福就是你失落时的一句安慰；幸福就是你跌倒时那双扶起你的手；幸福就是你深夜加班拖着疲惫的身体回家时那盏为你

亮着的灯。只要你用心去感受,幸福就这么容易。"

加措活佛曾经对信众们开示说:"小时候,幸福是一件东西,得到了,就是幸福;长大了,幸福是一个目标,达到了,就是幸福;成熟后,幸福是一种心态,领会了,就是幸福。其实,幸福就在当下,只有一个个当下串成的幸福,才是一生一世的幸福。"

法国著名启蒙思想家、哲学家、教育家、文学家卢梭在《一个孤独的散步者的梦》中如此感言:"如果世间真有这么一种状态:心灵十分充实和宁静,既不怀恋过去,也不奢望将来,放任光阴流逝而仅仅掌握现在,无匮乏之感,也无享受之感,不快乐也不忧愁,既无所求也无所惧,而只感受到自己的存在,处于这种状态的人就可以说自己得到了幸福。"

我觉得,元代的石屋清珙禅师,就是卢梭先生所谓的"处于这种状态的""可以说自己得到了幸福"的人。我这样说,是有禅悟的《山居》诗为证的:"过去事已过去了,未来不必预思量。只今便道即今句,梅子熟时栀子香。"过去的不要再想,未来的不必操心,"已失去"和"未得到"的统统放下,心境澄澈、空灵了,期许合理、恰当了,你便会感受到:幸福就在当下,就在那梅子成熟时节的栀子花香之中,就在那清风徐来处。

朋友,请别忘了珍惜当下的小福!

心无挂碍是福人

法国启蒙主义学者卢梭说过："如果世间真有这么一种状态：心灵十分充实和宁静，既不怀念过去，也不奢望将来，放任光阴流逝而仅仅掌握现在，无匮乏之感，也无享受之感，不快乐也不忧愁，既无所求也无所惧，只感受到自己的存在，处于这种状态的人就可以说自己得到了幸福。"

忙碌的现代人总是向外追求幸福快乐的人生，却不知幸福快乐原是不假外求。诚如卢梭先生所言，心灵的宁静才是人生最大的幸福。真正的宁静，是心灵的井然有序，也即庄子所谓的"心斋"，是内心清净，毫无挂碍，是一个人心平神定，在窥视自己的内心世界之时，让自己的精神世界得到升华。

究竟如何做到心无挂碍？首先，要不生闲气。酒逢知己饮，诗向会人吟。这个世界，总有你不喜欢的人，也总有人不喜欢你。这都很正常。一个人，风尘仆仆地活在这个世界上，要为懂自己、喜欢自己的人而活着。不要在不喜欢你的人那里丢掉了快乐，然后又给喜欢自己的人带去了烦恼。三五好友知己，三杯两盏淡酒，可以推心置腹，但若对方是糊涂人，你根本不必和他辩论。无论他说什么，无论他如何说你，你都不必发一言，更不要生闲气。

其次，要把握当下。时光流逝很快，世事变化多端。我们正在做的或者已经做过的事，转瞬之间就会成为过去。"过去事已过去了，未来不必预思量。"约瑟夫·牛顿在《拐角哲学》一文中说："不要为过去的事情痛心不已，不管它的负面影响有多大。即便你犯下了错误，你也应该转过身来，面对阳光。"如果我们能够不为过去的事而后悔，也不为未来的事而忧心，只是关注当下，那么我们就会少很多牵挂。

再次，要看淡得失。苏东坡《水调歌头》词云："人有悲欢离合，月有阴晴圆缺，此事古难全。"人的一生犹如簇簇鲜花，既有绚烂绽放之时，也有暗淡萧条之日。在人生之路上，每个人都会有成功的喜悦和失败的教训。唯有保持恬淡的心态，看淡得失，得之淡然，失之坦然，不以得喜，不以失悲，才不会挂碍太多。

还有，要放下争斗。白居易曾经写过一首《对酒》诗："蜗牛角上争何事？石火光中寄此身。随富随贫且欢乐，不开口笑是痴人。"正如诗中所说，人活在这个世界上，就好像局促在那小小的蜗牛触角上，空间是那样的狭窄，即使都争到，又有什么好争的？人生须臾短暂，就像石头撞击时所发出的火光那样转瞬即逝，又有什么值得计较的呢？人生贫富无常，人们应该明智一点，放下争斗，笑口常开，远离争名夺利，尽享美好人生。

人生苦短,如白驹过隙,忽然而已,不要为难了自己。千万不要被功名利禄扰乱了心神,不要被一则坏消息把心情拉向地狱,更不要对变幻无常的世相太当真。看轻名利,充实内心,让你的心真正属于你自己,让你的身体听你的话,让你的生命充满阳光,是让自己活得幸福快乐的秘诀。

宋代无门慧开禅师《颂平常心是道》诗云:"春有百花秋有月,夏有凉风冬有雪。若无闲事挂心头,便是人间好时节。"一个人心中如果没有闲事挂碍了,他便会感到日日是好日,夜夜是良宵,处处是福地,他便是一个完全自由的人,他就可以去过一种闲云野鹤般洒脱自在的生活。正如唐代百丈怀海禅师《随缘》诗云:"幸为福田衣下僧,乾坤赢得一闲人。有缘即住无缘去,一任清风送白云。"让我们放下无谓的挂碍,坦然愉悦地走过人生的春夏秋冬。

万事但求半称心

北宋著名理学家邵雍写有一组题为"安乐窝中吟"的组诗,其中一首云:"安乐窝中三月期,老来才会惜芳菲。自知一赏有分付,谁让黄金无子遗。美酒饮教微醉后,好花看到半开时。这般意思难名状,只恐人间都未知。"邵雍把他所住的地方命名为"安乐窝",这首诗就是他在安乐窝中吟就的。他认为"喝酒喝到微醉,看花正当半开"的时候,是安乐生活的最佳状态。这种至美的滋味,不是深解个中三昧的人,恐怕是难以领会的。明朝洪应明在《菜根谭》中极为推崇"酒至微醺,花看半开"的境界。

"半"字在我国文化里,是指一种对事物把控得适度的境界,是一种中庸的处世哲学和智慧,更是一种人生态度和境界。明末清初的硕学鸿儒李密庵写有一首《半半歌》,可谓将"半字哲学"发挥到了极致:"看破浮生过半,半字受用无边。半中岁月尽幽闲,半里乾坤宽展。半郭半乡村舍,半山半水田园。半耕半读半经廛,半士半姻民眷。半雅半粗器具,半华半实庭轩。衾裳半素半轻鲜,肴馔半丰半俭。童仆半能半拙,妻儿半朴半贤。心情半佛半神仙,姓字半藏半显。一半还之天地,让将一半人间。半思后代与沧田,半想阎罗怎见。饮酒半酣正好,花开半时偏妍。半帆张扇免翻颠,马放半缰稳便。半少却饶滋味,半多反厌纠缠。百年苦乐半相参,会占便宜只半。"林语堂先生十分赞赏《半半歌》里所描绘的这种知足常乐、随遇而安、怡然自得的生活状态,认为这是"中国人所发现的最健全的生活理想"。他在《谁最会享受人生》一文中所推崇的"理想人物",就脱胎于《半半歌》中所营造的这种生活境界:"理想人物,应属一半有名,一半无名;懒惰中带用功,在用功中偷懒;穷不至于穷到付不出房租,富也不至于富到可以完全不做工,或是可以称心如意地资助朋友;钢琴也会弹弹,可是不十分高明,只可弹给知己的朋友听听,而最大的用处还是给自己消遣;古玩也收藏一点,可是只够摆满屋里的壁炉架;书也读读,可是不很用功;学识颇广博,可是不成为任何专家;文章也写写,可是寄给《泰晤士报》的稿件一半被录用一半退回……"

南朝宋时期诗人谢灵运说:"万事难并欢。"但是,也总有人希望"万事如意"。如果拿"万事如意"来互相祝福,讨个彩头,倒也令人欢喜;倘若真心朝着这个目标去奋斗,那无疑是异想天开、自寻烦恼。道理很简单,你想如意的事,别人也想如意,你想得到的好处,别人也想得到,结果必然是有如意的,有不如意的,有得到的,有得不到的,有喜有悲,有福有祸,有得有失,好处不会都落到一个人身上,造物主不会只让一人称心。杨绛先生在百岁时感言：“上苍不会让所有幸福集中到某个人身上，得到爱情未必拥有金钱；拥有金钱未必得到快乐；得到快乐未必拥有健康；拥有健康未必一切都会如愿以偿。”南朝梁时期的《殷芸小说》云：“有客相从，各言所志。或愿为扬州刺史，或愿多资财，或愿骑鹤上升。其一人曰：‘腰缠十万贯，骑鹤下扬州’，欲兼三者。”这种人过去有，现在有，将来肯定还会有，但最终结果恐怕都是一样的，只能是痴人说梦。

“半字哲学”不仅国人热衷，西哲对其亦推崇备至。德国哲学家尼采曾作诗谈处世之道：“别在平野上停留，也别去爬得太高。打从半高处观看，世界显得最美好。”

西晋开国元勋羊祜曰：“天下不如意，恒十居七八。”季羡林先生说：“每个人都争取一个完满的人生。然而，自古及今，海内海外，一个百分之百完满的人生是没有的。所以我说，不完满才是人生。”杭州灵隐寺中的一副楹联说得好：“人生哪能多如意，万事但求半称心。”

好花看到半开时

清代康雍年间诗人查慎行,有一首《二月朔日碧桃盛开》诗云:"无数绯桃蕊,齐开仲月初。人情方最赏,花意已无余。"诗人在抒写桃花盛景中,流露出对世路人情的深刻感慨,其中的意蕴发人深省:当红色的桃花争相绽放之时,它们有没有想到过会"盛极而衰"呢?人情都喜爱与激赏姹紫嫣红的繁华盛景,可是,他们有没有想到这时恰恰是"花意已无余",甚至即将凋零败谢呢?寥寥 20 字,启发人们思考一些诸如物极必反、盛极而衰的哲学理蕴和戒盈忌满、留有余地等的日常处世原则。

乾隆时期诗人蒋士铨的《题王石谷画册玉簪》诗,亦颇堪玩味:"低丛大叶翠离离,白玉搔头放几枝。分付凉风勤约束,不宜开到十分时。"诗人说,玉簪花花丛低矮,翠叶繁茂,像妇女首饰玉搔头(玉簪的别名)那样的大量白色花蕊含苞待放,而正开的不过寥寥几枝。应该说，这是玉簪花生机勃发、生命力最旺盛、花容最美丽的时刻。但是，得赶紧盼咐扑面的凉风，要对玉簪花勤加约束，千万别让它"开到十分"之时，以免迅即迎来枯萎凋谢的凄惨局面。

《尚书·大禹谟》云："满招损，谦受益，时乃天道。""满"者，顶点、极限之谓也；如果以花为喻，也就是"花意无余""开到十分"。日中则昃，月盈则亏。事物达到顶点、极限，就必然走向反面。《道德经》曰："祸兮，福之所倚；福兮，祸之所伏。"这话充分说明了事物发展相反相成、互相转化的规律。

明代冯梦龙在其短篇小说集《警世通言》中讲了这样一个故事。

唐朝甘露年间，有个王涯丞相，官居一品，权压百僚，童仆千数，日食万钱，说不尽荣华富贵。其府第厨房与一僧寺相邻。每日厨房中涤锅净碗之水，倾向沟中，其水从僧寺中流出。一日，寺中老僧出行，偶见沟中流水中有白物，大如雪片，小如玉屑。近前观看，乃是上白米饭，王丞相厨下锅里碗里洗刷下来的。长老合掌念声"阿弥陀佛，罪过、罪过"。随口吟诗一首："春时耕种夏时耘，粒粒颗颗费力勤。春去细糠如剖玉，炊成香饭似堆银。三餐饱食无余事，一口饥时可疗贫。堪叹沟中狼藉贱，可怜天下有穷人。"长老吟诗已罢，随唤火工道人，将笊篱笊起沟内残饭，向清水河中涤去污泥，摊于筛内，日色晒干，用瓷缸收贮，且看几时满得一缸。不勾三四个月，其缸已满。两年之内，并积得六大缸有余。那王涯丞相原只道千年富贵、万代奢华。谁知乐极生悲，一朝触犯了朝廷，阖门待勘，未知生死。其时宾客散尽，童仆逃亡，仓廪尽为仇家所夺。王丞相至亲二十三口，米尽粮绝，担饥忍饿，啼哭之声，闻于邻寺。长老听得，心怀不忍。长老将缸内所积饭干浸软，蒸而馈之。王涯丞相吃罢，甚以为美。遣婢子问老僧，他出家之人，何以有此精食？老僧道："此非贫僧家常之饭，乃府上涤釜洗碗之余，流出沟中，贫僧惜有用之物弃之无用，将清水淘尽，日色晒干，留为荒年贫丐之食。今日谁知，仍济了尊府之急。正是一饮一啄，莫非前定。"王涯丞相听罢，叹道："我平昔暴珍天物如此，安得不败？今日之祸，必然不免。"其夜，遂服毒而死。

晚清"第一中兴名臣"曾国藩，可谓深谙戒盈忌满、留有余地的处世之道。他信奉的处世格言是"盛时常作衰时想，上场当念下场时""有福不可享尽，有势不可使尽"，追求的人生境界是"不完满"——"花未全开月未圆"。并将自己的书房命名为"求阙斋"，意在戒盈忌满、求缺保泰。他在平定太平天国、位极人臣、功勋显赫时，毅然自裁湘军，功成身退，既保全了自己，又消除了清廷的顾忌，最终，以退为进，为自己赢得了握有实权的两江总督一职。在 55 岁时，他上疏朝廷，请求解除自己的一切职务，注销爵位，提前退休，在宦海沉浮中成就了千古英名。

北宋理学家邵雍《安乐窝中吟》诗云："美酒饮教微醉后，好花看到半开时。这般意思难名状，只恐人间都未知。"邵雍所感悟的"难名状"的"这般意思"，我以为，大概就是适可而止，见好就收，恰到好处，留有余地吧？应该说，这是一种处世智慧，也是一种人生态度，更是一种极高的人生境界。如果贪得无厌，索取无度，最终导致的结果，恐怕只能是索然无味，哪里还谈得上余味隽永呢？

说　忍

　　"忍字头上一把刀"，这是众所周知的一句话。一个人觉得"心如刀割"的时候，恐怕也就是最难受并且仍准备继续忍受的时候。所以没有比"忍"字更能准确地表达这种感受的字了。

　　《说文·心部》云："忍，能也。从心，刃声。"本义是容受、忍耐。忍耐的精义是在忍受中提高能耐，或者说能耐的提高来自于必要的忍受。耐，其异体字为"耏"，有文字学家认为指一种剔去颊须的轻刑。这种处罚忍一忍也就过去了，所以"耐"有禁得起、受得住的意思。如李白诗云："华鬓不耐秋，飒然成衰蓬。"禁得起、受得住是有能力的表现，故后来"耐"又引申为"能力"的意思。

　　对人而言，忍耐分为身心两大方面。身体方面的忍耐，如忍饥耐渴、忍寒耐热、忍酸耐痛等等。生理方面的忍耐已经够磨炼人的意志了，心理方面的忍耐就更加不容易。

　　苏轼在《留侯论》中说:"古之所谓豪杰之士,必有过人之节,人情有所不能忍者。匹夫见辱,拔剑而斗,此不足为勇也。猝然临之而不惊,无故加之而不怒,此其所挟持者甚大,而其志甚远也。"可见,能"忍"是因为有远大目标而暂时隐藏实力甚至承受打击、委屈等等。

　　孔子也早就说过"小不忍则乱大谋"的话,不过,他的忍耐是有限度的。因为他只教人忍小事,权衡轻重,以成就大计划,忍耐小事件为是。倘若对方要使你的大计划弄不成,那就不是小事,只要你还有做人的血性,恐怕就一定要忍无可忍了。比如他看见鲁国当权的季氏在家里擅用只有天子才可用的八佾乐舞时,就气愤地说:"是可忍,孰不可忍?"

　　五代的冯道以孔子自比,他忍性的修养功夫,似乎要比孔子好一些。相传他做宰相的时候,有人在街上牵着一匹脸上挂着一块写有"冯道"二字的布的驴子。这分明是在羞辱他了,但他视若无睹,置之不理。

　　俗话说:"宰相肚里好撑船。"唐朝有一个叫作娄师德的著名宰相,就留下了"唾面自干"的故事,生动地诠释了为了避免冲突,极度容忍一切耻辱的心理。

　　儒释道三家都是讲忍的,老子的"不争主义",就在于能忍;"忍辱"为释家修行的六度波罗蜜之一,"忍辱仙人"可谓忍到了极致。综合来看,我以为,忍的境界,释比道高,道比儒高。佛教认为,忍有下、中、上"三忍"。先忍之于口,是为下忍;再忍之于面,是为中忍;凡事不动心——即使有人来伤害你的时候,心也不乱、不动,是为上忍。

民国年间某日，辜鸿铭于席间怒言："恨不能杀二人以谢天下！"有客问："当杀者谁？"对曰："严复和林纾。"然此二人其时均在场，严复对此置若罔闻，林纾当即质问辜氏何出此言，辜鸿铭则振振有词："自严复译出《天演论》，国人只知物竞天择，而不知有公理，于是兵连祸结。自从林纾译出《茶花女遗事》，莘莘学子就只知男欢女悦，而不知有礼义，于是人欲横流。以学说败坏天下的不是严、林又是谁？"闻者面面相觑，林也无从置辩。林纾尚且隐忍不住，以常人修为，恐怕更是难以忍受。

明行足先生认为："若以诤止诤，诤竟不见止。唯忍能止诤。"意思是，遇到无端的争执、吵闹，如果与之进行争辩、争论，并不能使对方的火气平息下来；只有忍耐、克制，才是终止争吵的有效方法。

清儒张培仁曰："忍之一字，天下之通宝也。如与人相辩是非，这其间著个忍字，省了多少口舌。凡世间种种有为，才起念头，便惺然着忍，则省事多矣。"

白玉书先生说："忍字心上一把刀。这一把刀不容易受，可是你若能受了，能忍了，这就是有办法了……忍是无价宝，人人使不好，若能会使它，事事都能好（万事都可了）。"

孟子曰："天将降大任于斯人也，必先苦其心志，劳其筋骨，饿其体肤，空乏其身，行拂乱其所为，所以动心忍性，增益其所不能。"历史上，能忍而最终成就大业的人，如尝人粪便的勾践、钻人裤裆的韩信、替人穿鞋的张良……不胜枚举，相忍为国的蔺相如更是正面典型。至于我辈庸俗凡夫，即使不能践行"百忍成金"，恐怕至少也得记住一条"能忍自安"吧。须知,我们人生中吃的许多大大小小的亏,绝大多数都是因为不能忍而导致的——鄙人就深受不能忍之苦! 所谓"吃一堑,长一智",我想,我该学会忍了。

说　匠

　　"匠"，是个会意字，本意单指木匠。"匚"，是右边开口的木箱子，可以背在背上。"斤"，斧子，泛指木匠工具。小时候在乡间，我似乎还见到过背着这种箱子走村串户干活的木匠。

　　《庄子·徐无鬼》中有"匠石运斤"的典故，是说一个人的鼻尖上蹭了一点白，不知是什么东西，很顽固，他自己弄不掉，请一个名字叫"石"的木匠帮忙。"匠石运斤成风，听而斫之，尽垩而鼻不伤。"这个小故事，讲述了一次高超的绝技表演。

　　"匠"这个字，后来发达了，代指手艺人，家族很庞大，有石匠、铁匠、铜匠、篾匠、棕匠、画匠、剃头匠、箍桶匠、泥瓦匠等等，五行百作的技术工人，皆属其类。

　　"匠心"一词，源于唐代王士源的《孟浩然集序》，其中有句曰："文不按古，匠心独妙。"意指诗文方面创造性的构思。

"匠"是指基本功扎实，技术过硬。"匠心"是指技术娴熟之后的得心应手，是熟而生巧，是升华，是创意。

毕飞宇在《小说课》中，讲到了一个关于"匠心"和"匠气"的问题，他说："我经常和人聊小说，有人说，写小说要天然，不要用太多的心思，否则就有人为的痕迹了。我从来都不相信这样的鬼话。我的看法正好相反，你写的时候用心了，小说是天然的，你写的时候浮皮潦草，小说反而会失去它的自然性。你想想看，短篇小说就这么一点容量，你不刻意去安排，用'法自然'的方式去写短篇，你又能写什么？写小说一定得有'匠心'，所谓'匠心独运'就是这个意思。我们需要注意的也许只有一点，别让'匠心'散发出'匠气'。"

"匠心"与"匠气"，虽只一字之差，却有天壤之别，代表了不同的层次境界。一个是用心后的天然与清新，一个是过度雕琢后的呆板与俗气，力道和创意的差异导致了美感和情趣的差距。

《促织》是《聊斋志异》中的一篇非常经典的短篇小说，毕飞宇认为它是"一部伟大的史诗"，"作者所呈现出来的艺术才华足以和写《离骚》的屈原、写'三吏'的杜甫、写《红楼梦》的曹雪芹相比肩"。在短短1700个字、相当于如今12条微博的篇幅里，蒲松龄讲述了一个构思精妙绝伦、情节曲折离奇、布局跌宕起伏的传奇故事。主人公成名和妻子得知儿子跳井自杀时，蒲松龄仅仅通过"夫妻向隅，茅舍无烟，相对默然，不复聊赖"4句16个字，就简约、精准、传神地表达了他们的失子之痛，真可谓"大巧若拙，大音希声，大象无形"，其"匠心"独妙，已臻化境。相反，一篇"匠气"过重的文字，往往暴露出斧凿过度的刻板与落入窠臼的俗套,令人不堪卒读。

一语天然万古新,豪华落尽见真淳。磨炼灵魂与巧思,拂去刻板与陈气,这才是真正领悟了"匠心"的本意。

中国台湾清华大学校长张明哲说,在第二次世界大战后,美国某公司积极开发一种精密高级光学镜片,但总是做得不够精密。后来从德国请来一位技师,很顺利就做出来了。美国人问他,为什么他的技术那么好,他说:"设备一样,差别就在这双手,而手的背后是一颗敬业的匠心。"

庄子很推崇基本功过硬并具有"一颗敬业的匠心"的人,在他所讲的故事中,"匠石运斤"是一例,"庖丁解牛"是另一例。

今天的我们,似乎都有些浮躁,各行各业都在盲目追求短平快、高大上,不太注重基本功,更缺乏独创性。因此,博士专家满天飞,真正的能工巧匠却很难见到。悲夫!

说早起

　　"早起"，也有人习惯叫作"起早"。它有动、名两种词性。作动词时，是很早起床的意思，读 zǎo qǐ；作名词时，是清早的意思，读 zǎo qi。这两种用法，在古今人们的日常和书面用语中比比皆是。在有的地方，"起早"还有指代"富户"的意思，如宋代邵博《闻见后录》卷二十六云："浙人谓富家为'起早'，盖言钱多则事多，不能晏眠也。"此处的"晏眠"，并非安眠之意，而是睡得很迟才起床，即浙江杭绍宁等地方言之所谓"困晏觉(kun an gao)"，是睡懒觉。早起，就是不睡懒觉。

　　俗话说："早起的鸟儿有虫吃。"早起的人，可以做很多事情。吾乡有谚云："三个早起顶一工。"意思是说，起三个早干活，相当于一天的工作量。小时候，我母亲常对我们兄妹说："就是天上落金子让侬捡，也要起得早。起得迟，就被人家捡光了。"这些话，足以说明早起的重要性和意义。

古今中外，喜欢早起工作的作家学者，不胜枚举。黄苗子先生向来自诩勤奋，直到有一天他和王世襄先生同宿，起来晨读，便发现王的窗口早已亮灯。陈寅恪先生也是，亲戚来他家寄宿，一早起来做家务，才发现他早已在花架下写作。"童话大王"郑渊洁先生更是早起之人，从1986年起，他就坚持每天早上四点半起床开始写作，写到六点半，便完成了自定的当天的写作任务。梁实秋先生一向提倡早起，他还专门写过一篇名为《早起》的散文，说自己黎明即起、不赖床的好习惯，是他妈妈帮他从小养成的，一生获益匪浅。他在该文中，打趣懒婆娘的那句"早起三光，晚起三慌"的北平民谚，特别有趣；《增广贤文》中也有这句话，旨在倡导人们每天早上要早一些起床。这句话的意思是：早晨起床早，就有充裕的时间，把各种该做的事情做好，从而利利索索、光光彩彩，这样，人的心态也能保持从容、笃定，对身体自然也有好处，故曰"三光"；起床过晚，时间不够用，容易手忙脚乱、出现差错、慌慌张张，长此以往，对身体肯定也不会有什么好处，故曰"三慌"。"三"，在这里，不是实数，只是个虚指数，言多而已，大约有"普遍""经常"和"都"的意思。

现实中，我们几乎每天都可以看到来来往往、行色匆匆，像打仗一样赶着上班、上学的人们。我的一个同事，他经常因为"困晏觉"，而紧张得连早饭都来不及吃。如果早一点起床，想必就不会那么匆忙焦急了。更为饶益的是，早晨的空气新鲜，人的头脑清醒，正好安排一天的工作、学习和生活，正所谓"一日之计在于晨"。妥善分配时间，很稳健地去做每一件自己想做、自己应该做的事情，就不会杂乱无章，忙成一团,顾此而失彼。从某种意义上说,早起的人,比别人享有更长的寿命,更高的工作效率,更丰富、悦乐的生活。梁实秋先生当年翻译《阿伯拉与哀绿绮思的情书》,就是每天趁太阳没出来的时候,便搬竹椅在廊檐下动笔。此时,他家人都还在黑甜乡酣睡,没有人打扰他,陪伴他的,只有枝头吱吱叫的小鸟,盆里阵阵溢香的荷花。一天译几页,等到太阳晒满了半个院子,人声嘈杂时,他便收笔。这样持续了个把月,便译成了那本书。事后他回忆起来,仍然觉得早起译书的那段时光是很愉快的。郑渊洁先生三十年如一日,坚持不懈地写《童话大王》杂志,每天早晨完成 6000 字的写作量。曾有人问他:"你是不是最忙的人?"郑先生的回答却大大地出乎人意料,他说:"我真的是最闲的人。早晨把一天的事情干完以后,非常轻松,我就是全世界最闲的人。"

曾文正公说:"作人从早起起。"早起,确实是一个战胜自我的过程。对于没有养成早起习惯的人来说,早起实在是不容易的。宋代诗人楼钥在《早起戏作》诗中云:"枕稳衾温梦乍回,闲居不怕漏声催。天明更欲从容睡,长被孙儿恼觉来。"从本性上讲,人们都是好逸恶劳的,都想"天明更欲从容睡",只是"长被事儿恼觉来",而不得不早起。

在如今这个越来越忙碌的社会里,人们恐怕太需要把早起的习惯好好培养起来,因为早起,的确能给人带来很多好处。亚里士多德说:"在天亮之前起床是个好习惯,这将有助于你的健康、财富和智慧。"本杰明·富兰克林也说过类似的话:"早睡早起使人健康、聪明和富裕。"南怀瑾先生说:"能控制早晨的人,方可控制人生。"诚然,你越能克服一切困难、坚持早起,就越能在工作、生活等一切事情里,沿袭这个好习惯。

　　梅花香自苦寒来,成就源于勤奋中。早起,是一种积极的自律,更是一种坚强的意志。闻鸡起舞、朝气蓬勃这些词,听起来就让人振奋。如果你想要成为一个更加优秀的人,想要更加美好的生活,想要更加精彩的人生,那就从早起做起吧。

说交友

　　《庄子·山木》云："君子之交淡如水，小人之交甘若醴。"自古，善良正直的人们就崇尚"淡如水"的君子之交，鄙夷"甘若醴"的小人之交。

　　历史上，薛仁贵与王茂生的交往，堪称"君子之交淡如水"的典范。唐贞观年间，薛仁贵还没有发达时，和妻子王宝钏住在一个破窑洞中，受尽饥寒，幸亏好友王茂生夫妇经常接济他们，才得以苟活。后来，薛仁贵从军，随唐太宗李世民御驾东征，因功勋卓著，被封为"平辽王"。登时他地位水涨船高，前来祝贺送礼的达官贵人络绎不绝，但都被薛仁贵婉言谢绝了，他唯一收下的是昔日好友平民王茂生送来的两坛美酒。一打开酒坛，负责启封的执事官便吓得面如土色，因为坛中装的不是美酒而是清水！"启禀王爷，此人如此大胆戏弄王爷，请王爷重重地惩罚他！"岂料薛仁贵听了，不但没有生气，反而命令执事官拿来大碗,当众饮下三大碗王茂生送来的清水。在场人员不解其意,薛仁贵说:"我过去落难时,全靠王兄夫妇经常资助,没有他们就没有我今天的荣华富贵。如今我美酒不沾,厚礼不收,却偏偏要收下王兄送来的清水,因为我知道王兄贫寒,送清水也是他的一番美意,这就叫君子之交淡如水。"于是,"君子之交淡如水"就从经典名句转为民间佳话、巷间熟语,广为流传。

君子之间的交往,是心与心的交流,是纯粹的友谊,如水一般纯净,没有任何功利之心。虽淡泊而心地相近,故淡而有味,淡而有情,淡而有爱。不甘,却沁人心脾;不浓,却意味深长。即使远在天涯,人各一方,也能让人感觉到其深情厚谊。譬如,南北朝的陆凯怀念好友范晔,为了表达高洁与纯挚的感情,特地折取一枝梅花,托传递书物的信使带给范晔,并赠诗"折梅逢驿使,寄与陇头人。江南无所有,聊赠一枝春";唐代诗圣杜甫,招待来家里做客的知交好友,也只是"花径不曾缘客扫,蓬门今始为君开。盘飧市远无兼味,樽酒家贫只旧醅",此外并没有任何甜言蜜语和奢侈物品。这才是真正的君子之交。真正的朋友,真诚相待,定不是虚情假意之人,又怎会在意身外之物!

而小人之间的交往,就不同了。他们交往的目的,纯粹是为了自己的利益,只要能达到这个目的,他们就什么事情都做得出来。他们见风使舵,见利忘义,信奉"有奶便是娘",谁得势就依附谁,谁失势就背弃谁。对于用得着的人,无论亲疏敌友,他们都会花言巧语,曲意逢迎,话说得像醴一样甜,人做得像哈巴狗一样乖,以骗取信任,谋得好处。这些人,工于心计,善于伪装,当面一套,背后一套;极度自私,极度下作,不惜把朋友当成垫脚石、替罪羊,一旦于己不利,便恩将仇报,把朋友推出来背黑锅。朋友陷入困境时,他们或者假装垂询关爱,或者干脆消失不见……这就是典型的小人之交。

小人之交,往往没有好的结果。君不见,权贵之门,总是门庭若市车马喧,一旦失势,则门庭冷落可罗雀。故小人之交,虽"甘若醴",但利尽则散。他们之间所谓的"友谊",只不过是一颗被拿来利用的棋子而已,每走一步都被各人自私自利的心机所算计。

明代小说家冯梦龙在《古今小说》中说:"酒肉兄弟千个有,落难之中无一人。"如醴似蜜的小人之交,就是如此。古罗马哲学家西塞罗曾经说过:"把友谊归结为利益的人,我以为是把友谊中最宝贵的东西勾销了。"看来,"小人之交甘若醴",古今中外,概莫能外。"路遥知马力,日久见人心",是"君子"还是"小人",是"淡如水"还是"甘若醴",时间一久,自然原形毕露了。

唐代文学家韩愈在《柳子厚墓志铭》中感慨,一些人平时和睦相处,一块儿吃吃喝喝,脸上总是堆满笑容,有时还握着对方的手,蹦出几句掏肝掏肺的话,还满含热泪对天发誓:"哥们,无论生死,咱都不会背弃朋友!"这一切全像是真的,好像这世上只有他最值得信任。但是,一旦遇到细如发丝般的利害冲突,便立即翻脸不认人,甚至落井下石。这样的人到处都有!

苏轼当年在凤翔为官时,有一个叫章惇的人,经常与其同醉同游。苏轼的妻子王弗提醒苏轼说,此人不可交,因为他亲近人太快,那么离弃人也一定很快。后来章惇官居高位,果然成为苏轼后半生的克星。

苏轼一生,仕途坎坷,被贬三次,后两次被贬,章惇均有"功劳"。苏轼在惠州贬所时写了首《纵笔》诗,其中有两句:"报道先生春睡美,道人轻打五更钟。"这个昔日"好友"看到后竟然嫉恨说:"苏子瞻还过得如此快活。"就设法将他贬到了更远的儋州。

子曰:"有朋自远方来,不亦乐乎?"诗云:"嘤其鸣矣,求其友声。"交朋结友,人之常情。不过,结交什么样的朋友,却大有讲究。所以,在交友这个问题上,善良正直的人们确实不可不慎!

关于交友,作家亦舒女士在《朋友》一文中有精辟独到的见解:"将时间浪掷在人潮中,最最不值。世上最奇怪的一种人叫朋友,略得些名利,朋友全来了;略咳嗽一声,朋友又全部散开。友情宜随缘,不宜花太多精力追求。"诚者斯言!人贵自立,切勿企友。

作家余华先生说:"我不再装模作样地拥有很多朋友,而是回到了孤单之中,以真正的我开始了独自的生活。有时我也会因寂寞而难以忍受空虚的折磨,但我宁愿以这样的方式来维护自己的自尊,也不愿以耻辱为代价去换取那种表面的朋友。"

学者周国平先生在《交往见人品》一文中说:"从一个人如何与人交往,尤能见出他的做人。这倒不在于人缘好不好,朋友多不多,各种人际关系是否和睦。人缘好可能是因为性格随和,也可能是因为做人圆滑,本身不能说明问题。在与人交往上,孔子强调一个'信'字,我认为是对的。待人是否诚实无欺,最能反映一个人的人品是否光明磊落。一个人哪怕朋友遍天下,只要他对其中一个朋友有背信弃义的行径,我们就有充分的理由怀疑他是否真爱朋友,因为他一旦认为必要,他同样会背叛其他的朋友。'与朋友交而不信',只能逞一时之私欲,却是做人的大失败。""在一次长途旅行中,最好是有一位称心的旅伴,次好是没有旅伴,最坏是有一个不称心的旅伴。"周国平先生所谓的"不称心的旅伴",就是指那种"交而不信"的"朋友"。

鲁迅先生当年录清代何瓦琴句书赠瞿秋白的名言:"人生得一知己足矣,斯世当以同怀视之。"应该也是他自己知人阅世的深刻感悟。

人生在世,不能没有朋友。但朋友不在多,而在"信"。名流们的这些话,确实是交友处世的圭臬,值得铭记。

说宽容

鲁迅先生在《死》一文中说："损着别人的牙眼，却反对报复，主张宽容的人，万勿和他接近……只还记得在发热时，又曾想到欧洲人临死时，往往有一种仪式，是请别人宽恕，自己也宽恕了别人。我的怨敌可谓多矣，倘有新式的人问起我来，怎么回答呢？我想了一想，决定的是：让他们怨恨去，我也一个都不宽恕。"

写过"度尽劫波兄弟在，相逢一笑泯恩仇"诗句的鲁迅先生，在生命垂危之际，清晰地表达了不宽恕人的决绝态度。这是其特殊的时代背景使然，其实在生活中，人本身就不是完美的。对于别人曾经犯下的错误，对于别人曾经给我们带来的伤害，能够饶恕的，尽量饶恕，才是正确的做人之道。冤冤相报，以牙还牙，不但当事人自己生活得不幸福，而且整个社会也会永无宁日。

在宽恕待人上，儒家、佛教、基督教等，都给了我们大量的言行教诲。

《论语》里有这么一则对话："子曰：'参乎！吾道一以贯之。'曾子曰：'唯。'子出。门人问曰：'何谓也？'曾子曰：'夫子之道，忠恕而已矣。'"其中的"恕"，就是"宽恕"之意。

善逝先生说："原谅和宽恕，比仇恨更有力量。原谅别人，才能释放自己，祝福别人，才能快乐自己。"

《圣经·马太福音》中有这么一段："那时彼得问耶稣说：'主啊，我弟兄得罪我，我当饶恕他几次呢？到七次可以吗？'耶稣说：'我对你说：不是到七次，乃是到七十个七次。'"你看，耶稣的心胸是何等的宽广！

圣雄甘地说："宽恕比惩罚更有男子气概。宽恕为士兵增添光彩。"他极力倡导非暴力不合作运动，最终实现了印度的独立和统一。

胡适先生在《容忍与自由》中写道："我应该用宽容的态度来报答社会对我的宽容。我现在常常想，我们还得戒律自己：我们若想别人宽容谅解我们的见解，我们必须先养成能够宽容谅解别人的见解的度量。"

所有这些关于宽恕待人的教诲，体现出一种更广阔的胸襟，对于一个社会的道德建设，无疑有着十分宝贵的价值和意义。

耶稣劝导世人"爱你的敌人"，让我们尽量相信，每一个有过错的人都有他值得人同情和原谅的地方，宽恕别人所不能宽恕的，是一种最高贵的行为。

曾经读过一篇名为《把伤害留给自己》的文章，其中讲了这样一个故事：

第二次世界大战期间，一支部队在森林中与敌军相遇，激战后战士安德森以及另外一名战士与部队失去了联系。

他们两人来自同一个小镇，在森林中艰难跋涉的日子里，他们互相鼓励、互相安慰。十多天过去了，仍未与部队联系上。一天，他们打死了一只鹿，依靠鹿肉又艰难度过了几天。也许是战争使动物四散奔逃或被杀光，这以后他们再也没看到过任何动物，他们仅剩下的一点鹿肉，由安德森背着。又一天，他们在森林中再次与敌人相遇，经过激战，他们巧妙地避开了敌人。就在自以为已经安全时，只听一声枪响，走在前面的安德森中弹了——幸亏伤在肩膀上！一直走在后面的战友惶恐地跑了过来，他害怕得语无伦次，抱着安德森的身体泪流不止，并赶快把自己的衬衣撕下包扎战友的伤口。

晚上，未受伤的士兵一直念叨着他母亲，两眼木然地望着苍穹。他们都以为自己熬不过这一关了，尽管饥饿难忍，可他们谁也没动身边的鹿肉。

事隔30年，安德森说："我知道谁开的那一枪，他就是我的战友。在他抱住我时，我碰到他发热的枪管。我怎么也不明白，他为什么对我开枪？但当晚我就宽恕了他。我知道他想独吞我身上的鹿肉，我也知道他想为了母亲而活下来。此后30年，我假装根本不知道此事，也从不提及。战争太残酷了，他母亲还是没有等到他回来。后来，我和他一起祭奠了老人家。那一天，他跪下来，请求我原谅他，我没让他说下去。我们又做了几十年的朋友，我宽恕了他。"

　　著名作家莫言先生说:"人生在世,注定要受许多委屈。而一个人越是成功,他所遭受的委屈也越多。要使自己的生命获得价值和炫彩,就不能太在乎委屈,不能让它们揪紧你的心灵、扰乱你的生活。要学会一笑置之,要学会超然待之,要学会转化势能。智者懂得隐忍,原谅周围的那些人,在宽容中壮大自己。"

　　俗话说:"解铃还须系铃人。"生活中的矛盾需要我们用宽恕心去化解,宽恕的受益者不仅仅是被宽恕者,还有宽恕者自己。一个懂得包容、懂得宽恕别人的人,到处可以契机应缘、和谐圆满。

　　"度尽劫波兄弟在,相逢一笑泯恩仇。"——原谅那些曾经深深伤害过你的人吧,让我们"在宽容中壮大自己"。

说"说人"

一个经常与卡耐基往来的熟人对卡耐基说："我从没听你说过一句别人的坏话。"卡耐基认为这是人与人之间最好的赞美之一，但他并不引以为荣，因为他曾经有过在背后伤人的教训。不过他可以把这样的赞美放在心中，因为他确实非常努力地避免类似的事情再次发生。

俗话说："宁在人前骂人，不在人后说人。"《圣经》上说："当面的责备，强如背地的爱情。"列夫·托尔斯泰说，谁都是上帝咬过的苹果。这个世界上，根本就找不到一个真正完美的人，人人都有缺点，别人有缺点有不足，你可以当面指出让他改正，但千万不要当面不说背后乱说。喜欢背后说人的人，不仅会使被说者讨厌，而且也会令明智的听者反感。

从精神分析理论来看，乱嚼舌头其实是一种"杀人不见血"的攻击行为。对于那些好乐揭人之短、扬人之私的嚼舌者或"大嘴巴"而言，搬弄是非恰恰是他们心存隐疾的表现。喜欢在背后说别人坏话的人，他的骨子里是缺乏自信，极度自卑，没有安全感，需要靠否定别人来肯定和抬高自己，日常中他会不断打听、窥探，甚至蓄意捏造、恶意传播别人的"隐私""错误"和"失败"，以证明自己比别人强大。这种人没有同情心、同理心，很难设身处地为别人着想，往往以他人的谬误，甚至痛苦和不幸为乐，借此自慰自己的"正确""崇高"和"伟大"。其实，这种人才是真正的需怜悯者。

南怀瑾先生说："万事谁能知究竟，世间最怕是流言。"今天社会的许多问题，就是很少人扬善，太多人扬恶造成的。宽容是善良，拥有爱心是善良，不乱说话也是一种善良，隐恶扬善则是更高层次的善良。

清代金缨在《格言联璧》中说："静坐常思己过，闲谈莫论人非。"而世间的实际情况却是，人们往往"静坐少思己过，闲谈多论人非"。许多人都有一个毛病，就是喜欢妄议别人，甚至信口雌黄、颠倒黑白，凭个人好恶给别人下结论，评价某某人怎么样，是好是坏，多是说好的少、说坏的多。毫无疑问，这是非常坏的风气。古人讲盖棺定论，就是说人死了，棺材盖盖上了，才可以给这个人一生的是非功过下结论。随意议论别人，实在是一种很不道德的行为。

为什么说不要随便议论和评价一个人呢？理由很简单，因为你不是他。每个人都有自己的福德因缘，也就是所谓的命运。因缘不同、环境不同、际遇不同，命运便不同。所以，不能以我们自己的主观臆断，去任意评论别人。如果你成长在他那样的环境，处在他那样的位置，或许你也会和他一样。比如说你臧否某个官员，认为他实在太差劲,如果你处在他那个位置,或许你做得比他还差劲也未可知。子曰:"不在其位,不谋其政。"你不在他的位置上,是不可能知道他的境况的,正所谓"如鱼在水,冷暖自知"。

来说是非者,必是是非人。在你面前随意讲他人是非的人,他自己一定处于是非之中。最好的办法,就是不听他胡说八道,让他在你那里得不到搬弄是非的机会。

谁人背后无人说,谁人背后不说人。生活中,人们常说"不要吝啬你的嘴",其真正的意思,我理解,是要隐恶扬善。即不说别人的坏处,多说别人的好处。对于别人的"善小",我们应该去赞扬和欣赏;而对于别人的"恶小",应该给予宽容和谅解,特别是对那些曾经犯错的人,更应该做到知人不轻人,给他一个浴火重生的机会,而不是"一票否决"。

世事无常,人心惟危。谁都盼望岁月静好、现世安稳,而每一份美好都需要大家共同创造,以一颗包容之心对待世界,定能收获更多美好。

学会独处

古圣先贤是非常重视慎独慎行的。曾子曰："吾日三省吾身。"生活在当下的我们，其实，并不缺少群居终日、言不及义的"欢声笑语"，真正缺少的，是慎独反省、自我洗礼的独处。

我以为，人，要善于通过独处来学习体验生活本身的悦乐，而不是依靠外来的刺激使自己快乐。人生倘若需要依赖外界的刺激才能快乐，则表明生活本身其实不快乐。

世界上种种的繁荣虚华，并不能使人得到真正的快乐，因为刺激只能片刻，享受无法永恒，通过外在刺激所得到的快乐，统统都是暂时性的。好比看一场电影、听一场演奏、吃一次盛宴，无论多么享受，总有场终人散的时候，妄想从片刻的欢娱中抓住永恒的快乐，恐怕是根本不可能的。因为，世间的真相就是无常，有生必有灭，有聚必有散，一切皆如梦幻泡影。

人生不会总是被繁华簇拥，当一切在华丽转身之后，长久陪伴你的是更大的落寞和空虚。这时候的你，需要的是慎独慎行。但是，现实中，很多人都喜欢热闹，害怕孤独和寂寞，怕一个人独处。殊不知，人生的许多痛苦，恰恰来自于不善于独处。法国哲学家帕斯卡尔说："几乎我们所有的痛苦，都是来自我们不善于在房间里独处。"学会独处，是人生的一门学问和功课。

独处，在现今这个喧嚣的社会，显得尤为珍贵和重要。我们经常强调人与自然、人与社会的和谐，其实最重要的，是人与自身的和谐。自身调和，才是身心健康和人生幸福的基础。学会独处，就是学会与自己相处，本质就是学会身体、精神和灵魂的一致。只有学会了如何与自己相处，才能保持身心的和谐。学会如何与自己相处，才是人生的根本。

独处，意味着静下心来，审视自我、放下自我，发现世界的"美"。独处，是一种美德，可以让人内心得到净化。独处，不是与生俱来的，它是一种需要慢慢培养的独特的能力。学会独处，学会与自己相处，你才可以找回不一样的自我。正如德国哲学家叔本华所说："只有当一个人独处的时候，他才可以完全成为自己。"

当你通过独处，享受宁静，走进自己的内心世界，找回自己真实的内在，你就可以体会到，其实不用依靠外在的刺激，你也可以活得很快乐。但倘若你的内心世界是单调的、浅薄的、荒凉的，像是一片荒芜的沙漠，身居这样的世界，你怎么会不害怕和孤独呢？你怎么会快乐呢？所以，学会独处，最关键的，是要加强自己的内心修养，让自己的内心世界真正丰盈起来、美丽起来、高贵起来、空灵起来,让自己的内心世界既有似锦的繁华,也有通幽的曲径;既有春花的灿烂,也有秋叶的静美。身处这样的世界,你才不会感到孤独和寂寞,你才会怡然自得、乐在其中、充满喜悦。

意大利著名导演费里尼说:"真正独处时,就只剩下自己可以挖掘。"真正拉开人与人之间差距的,恰恰就是独处的时光和独处的能力。让我们走进自己的内心,把功夫用在"心"上,做足做好"心"的功课,学会与自己相处,学会与自己的"心"相处。因为,你所有的优秀,都是在独处时萌生的。

独品清欢

苏东坡说："人间有味是清欢。"我觉得，独处，就是一种清欢，而且是一种高雅的清欢。独品清欢，是一个人在属于自己的空间，与自己为伍，与寂寞、孤独为伴，宁静、充实而自由自在地享受清雅的欢愉。

梭罗说："我喜欢独处，我从没遇到过比孤独更好的伴侣。"梭罗是懂得独品清欢的人，他的这句话，似乎也可以这样说，我喜欢独处，我从没享受过比独处更好的清欢。他还曾经说过："我宁愿独坐在一个南瓜上，也不愿和众人挤坐一个天鹅绒垫子。"

独品清欢，是陶渊明的"采菊东篱下，悠然见南山"；是苏东坡的"对一张琴，一壶酒，一溪云"；是王摩诘的"独坐幽篁里，弹琴复长啸""行到水穷处，坐看云起时"；是朱自清在"苍茫的月下"享用"无边的荷香月色"；是孙犁在"冬日透窗，光明在案"的上午"裁纸装书"和"每天下午三点钟，午睡起来，在火炉上面烤两片馒头，在炉前慢慢咀嚼着"，自得其乐;是梁实秋"在想象中翱翔,跳出尘世的渣滓"……

人间有味是清欢,唯有独处可成全。荣格说:"向外张望的人在做梦,向内审视的人才是清醒的。"木心说:"生活最好的样子不正是风风火火的冷冷清清吗? 独自清醒,享受冷清,却风风火火,有滋有味。""万头攒动、火树银花之处不必找我。如欲相见,我在各种悲喜交集处,能做的只是长途跋涉,归真返璞。"人生,本来就是一场孤独的修行,与其熙熙攘攘求同行,不如冷冷清清觅宁静;与其蜗牛角上争是非,不如种菊修篱在自心。千万不要因为走得太久,就忘记了自己为什么出发。千万记得不时地给自己安排一份独处,给蒙尘的心灵清污除垢,还它一份澄澈、智慧和轻盈。清人汤斌说:"小人只是不认得独字。"常常独处的人,渐渐就有了一种深度,有了一种澄澈的气质。因为,只有独处,才会远离俗世,才会心清,才可以渐渐凝聚起生命的力量。泰戈尔说得好:"有一个夜晚我烧毁了所有的记忆,从此我的梦就透明了;有一个早晨我扔掉了所有的昨天,从此我的脚步就轻盈了。"

清朝著名画家盛大士在《溪山卧游录》中说:"凡人多熟一分世故,即多一分机智。多一分机智,即少却一分高雅。""'山中何所有? 岭上多白云。只可自怡悦,不堪持赠君。'那自是第一流人物。"

第一流人物是什么人物?

第一流人物是刻意和现实的热闹保持距离的人物!

第一流人物是在五浊恶世,依然内心丰盈明朗、独品清欢的人物!

人间至味是清欢

"人间有味是清欢",是苏东坡的人生感悟。出自其《浣溪沙·从泗州刘倩叔游南山》词:

> 细雨斜风作晓寒,淡烟疏柳媚晴滩。入淮清洛渐漫漫。
> 雪沫乳花浮午盏,蓼茸蒿笋试春盘。人间有味是清欢。

这阕记游词,是元丰七年(1084),苏东坡从贬谪之地黄州赴任汝州团练使途中,路经泗州与刘倩叔同游南山时所作。是苏东坡和朋友在南山游玩,喝了浮着雪沫乳花的小酒,吃了春日山野里的蓼茸蒿笋等时令美味之后,诗兴勃发,欣然吟咏,猝然成章的名篇,尽情赞美了人与天地山川相容相悦的"清欢"。

悉心咀嚼品味该词,尤其喜欢"清欢"二字。何谓清欢?百度的解释是"清雅恬适之乐"。林清玄的解读是:"清淡的欢愉,这种清淡的欢愉不是来自别处,正是来自对平静的疏淡的简朴的生活的一种热爱。"我以为,也可以理解为清净简单的快乐。

清欢,不是"人生得意须尽欢,莫使金樽空对月"的狂放洒脱;不是"人生在世不称意,明朝散发弄扁舟"的自我放逐;更不是"今宵酒醒何处,杨柳岸晓风残月"的悲观沉沦。清欢,是"把酒祝东风,且共从容"的酣畅淋漓;是"结庐在人境,而无车马喧"的安然宁静;是"采菊东篱下,悠然见南山"的恬淡闲适。

但清欢,并不仅仅是心怀一己、冷漠他人、旁观世事的怡然自得、自取自足。若如此,则远远背离了清欢的本意。清欢,是恪尽职守、尽己所能的恬然安适,是安于本分、与世无争的超然豁达,是去留无意、宠辱不惊的泰然自若,"达则兼济天下,穷则独善其身"是其本有之义。清欢,是面对纸醉金迷,而能目中无物,淡然而笑;是面对名色利诱,而能不为所动,心端身正;是身在俗世红尘,而能在心中种菊修篱,怡情养性,纯净自我,不为情困,不为物役,不为诱惑,出淤泥而不染,濯清涟而不妖。

然而清欢,在现代人的生活中已经难以寻觅,似乎也不那么容易被人们所品味和体会了。林清玄先生在《清欢》中写道:"生在这个时代,……眼要清欢,找不到青山绿水;耳要清欢,找不到宁静和谐;鼻要清欢,找不到干净空气;舌要清欢,找不到蓼茸蒿笋;身要清欢,找不到清凉净土;意要清欢,找不到智慧明心。……现代人的欢乐,是到油烟爆起、卫生堪虑的啤酒屋去吃炒蟋蟀;是到黑天暗地、不见天日的卡拉

OK去乱唱一气；是到乡村野店、胡乱搭成的土鸡山庄去豪饮一番；以及到狭小的房间里做方城之戏，永远重复着摸牌的一个动作……"这是林清玄先生对现代生活切肤之痛的深刻描述，所以他对清欢如饥似渴。他深有感触地说，当一个人可以品味出野菜的清香胜过了山珍海味，或者一个人在路边的石头里看出比钻石更引人的滋味，或者一个人听林间鸟鸣的声音感受到比提笼遛鸟更令人感动，或者甚至于体会了静静品一壶乌龙茶比起在喧闹的晚宴中更能清洗心灵……他就懂得了"清欢"。可见，清欢是一种人生的境界。

川端康成在其散文代表作《花未眠》中说，美是邂逅所得，是亲近所得，自然美也是如此，要感受到真正的自然美需要孤寂恬淡的心境。其实，清欢又何尝不是如此呢？越是品读名家的文字，你便越能感受到清欢所带给他们的益思与感悟：那是生命的沉淀、人生的修炼、境界的升华，是一种能让人洞明世事的力量。读林徽因，使我真正理解了"等待一场姹紫嫣红的花事，是幸福；与喜欢的人在阳光下筑梦，是幸福；守着一段冷暖交织的光阴慢慢变老，亦是幸福"的"幸福观"。正因为她懂得清欢，细小的满足便能让她幸福快乐。读杨绛，使我懂得了她所崇尚和践行的"我和谁都不争，和谁争我都不屑；我双手烤着生命之火取暖；火萎了，我也准备走了"的处世态度。正因为她独守清欢，忍受着失女丧夫的莫大哀痛的同时，在生命的晚年又默默地奉献了多部著作，益发获得世人的尊崇。读张晓风，使我更加明白再也没有比"树在，山在，大地在，岁月在，我在"这样更好的世界了。正因为她心有清欢，只要岁月静美，万物安好，便觉得是人间最好的时节。读林清玄,使我深切领悟了"第一流的人物看白云虽是至美,却不想拥有,只想心领神会"的清明的心境。正因为他领会清欢,洞察世事,从容生活,做好自己,从而活出了潇洒的人生……虽然他们甘于孤寂,欣享恬淡,但却都收获了人生的丰盈,正可谓"人间有味是清欢"。

清欢何在?毫无疑问,在人们的心中。哲人曾言:六根清净。意为远离烦恼、没有任何欲念的境界。这种境界,一般的凡夫俗子达不到。不过我以为,减少烦恼,没有任何杂念、邪念的心灵清欢的境界,常人通过努力恐怕还是可以期望的。我们唯有好好打扫自己的心地,不断提升精神境界,给生活做减法,努力摆脱名缰利锁的束缚,才有可能不被外物所驱使,逐步走向心灵清欢的境界。在五浊俗世中,生活越简单,心境便会越清明,清欢就会离我们越近。人生最好的滋味,或许不在于飞黄腾达、锦上添花时的万人瞩目、众所羡慕,也不在于迎来送往、觥筹交错时的左右逢源、八面玲珑,而在于心灵松绑、人生解压、生命减负时的那种无拘无束、轻松自在的精神状态,在于那种问心无愧、心安理得安享天地清欢的通透、明净的心境。清欢,源于内心的淡定从容、旷达自适,是一种做人的风范,一种人生的追求,更是一种生命的本色。守住清欢,自然心境高洁;拥有清欢,自然正气充盈。

"山中宰相"陶弘景《诏问山中何所有赋诗以答》诗云:"山中何所有?岭上多白云。只可自怡悦,不堪持赠君。"其实,有时候白云并不只是缭绕在葱郁的山岭,而是飘逸在人们旷达的心头。一个人能否活得安然自在,享受人间或者说人生至味——清欢,真的无关乎身在何处,而在于能否觅得一方宁静的心灵净土,这恐怕也是这首诗对现代人的启示吧。

当然,今天我们赞赏和崇尚清欢,并不是要离尘出世、隐居山林、拒食人间烟火。而是希望人们,特别是所谓的公仆们,面对喧嚣浮躁的社会,能够拥有平和的心态、淡定的情绪、益世的情怀、敬业的精神、尽责的本领,少一些劳民的作秀,多一些惠民的实干;少一些虚伪的逢迎,多一些真诚的担当。得意时不尽欢,想到成功只是新征程的开始;失意时不丧气,懂得挫折也是一笔丰厚的财富。进则能廉洁自律,服务人民;退则能完善自我,利益众生。须知,即便是清欢的歌咏者苏东坡,当年也没有完全走进山林、忘却人间。政治上,他虽然屡次三番地遭受打击排挤,然而为官一任,总能造福一方:任杭州太守时,他带领民众疏浚西湖,筑堤种柳,美化环境,改善民生;任徐州太守时,黄河决堤,水淹苍生,他身先士卒,率领民众抗洪抢险,保境安民;即使晚年被贬谪到僻远蛮荒之地的儋州,他也矢志不渝,仍然不顾年迈之躯,无私地将自己所掌握的优秀文化与先进的农耕生产生活技术悉心传播、奉献给黎族同胞,以造福于民为己之乐。在苏东坡身上,清欢所蕴涵和体现的是一种至高的精神境界。

世事纷繁,光阴倏忽,我们何不抛却萦绕在心头的妄想杂念,简单生活、从容处世,尽力做好能当其责的工作,尽情欣赏山川大地的风姿,悉心品味诗词书画的神韵,惬意享受静谧美好的时光?兴之所致,大可欣然慨叹:"人间至味是清欢!"

人生难得是心安

苏东坡词云："此心安处是吾乡。"诚然，人生无常，心安便是归宿。

何谓"心安"？我理解，就是问心无愧、心安理得，走光明的路，唱温暖的歌，做干净的人。如果患得患失、心浮气躁，人生就会疲惫不堪、了无生趣。唯有保持一颗宁静的心，不为权势、富贵等浮云遮眼，不为名利、美色等乱花迷眼，活得率真，活得泰然，活得喜乐，才能真正求得一个"心安"。

人生最大的不安，莫过于贪婪和追求完美。须知，我们的生活里不全是春天，每个人的一生都注定要经历风霜雪雨，跋涉坎坷泥泞，品尝酸甜苦乐。人生本来就是一场变幻莫测、不知所终（不知在何时何地终结）的梦幻之旅。生命中有太多的不尽人意，谁都无法做到尽善尽美。要懂得恬淡知足、随遇而安，乐于接纳生活中的缺憾和不完美；学会以出世之心，做入世之事，做到得失随缘，苦乐随缘，忍着疼痛奔跑,含着泪光微笑,努力成就随缘人生的怡然境界。

唐代南泉普愿禅师说:"平常心是道。"心安了,便是道,心不安,便没有道。道的真谛不在于万法圆融,而在于气定神闲、淡泊宁静。真正的宁静,是杂处闹市而不觉烦躁,独处陋室而不觉孤寂。真正的道,是安放自己的心,而这份"心安",则来自于自心的力量。

人往往是拥有了一切,却不能拥有自己;找到了一切,却无法看清自己。这是何等的苦难和悲哀啊!人最大的智慧和成就,不是弄清世界,而是认清自己;最大的财富,不是赚得金山银山,而是收获生命的价值和喜悦。

人生百年,犹如一梦。我们最重要的,是要把握当下,活好现在。昨天是历史,明天是未知,今天是恩赐。唯有把每一天都当作崭新的一天,把每一天都当作生命中的最后一天,安于当下,才能走好未来的旅程。倘若连今天都过不好,又谈什么明天和未来?倘若连今天都过不好,那留恋昨天又有何用?

心系当下,由此安详。哲人曾言:"生命只可在目前的一刻找到,但我们很少会真心投入此刻。相反,我们喜欢追逐过去或憧憬未来。我们常以为自己就是自己,其实我们一直以来都甚少与自己真正接触。我们的心只忙于追逐昨天的回忆和明天的梦想。唯一与生命重新接触的方法,就是回到目前这一刻,你才会觉醒过来。而就只有在这时,你才可以找回真我。"

"青山原不动,白云自去来。"人若能回归自性,向内寻求,找回真我,不被任何外境拖着走,真正做到"心安",那么,自己便是"尘尽光生，照破山河万朵"的无限风景。若要靠外援才能获得心安，那么心还是没有真安，即使身处风景幽美之地，也只不过是获得短暂的安宁。一旦时过境迁，那大批的烦恼仍然会如影随形、接踵而至，重新占据我们的内心。

"心安茅屋稳，性定菜根香。"因为心安理得，所以怡然自得。人生最好的状态，是恬淡、怡然、心安地活着，不为情困，不为名累，不为利驱，不为物役，淡定从容，平安喜乐。

此心安处是吾乡

苏东坡说:"此心安处是吾乡。"海德格尔说:"诗人的天职是还乡。"我以为,他们所说的"乡",都不是人们地理概念上的故乡,而是心理意义上的故乡,也就是所谓的精神家园。精神家园并不是只指一地一处,而是一种混合了的、给人以安宁的精神慰藉和依托。

人类不能没有精神家园。没有精神家园的人,心灵必将陷于虚无、茫然,甚至变成畸形。苏东坡获得的关于"故乡"的根本觉悟,表面上看来,是来自于柔奴的"此心安处,便是吾乡"这句话,但实际上,追踪溯源,应该说来源于佛教。苏东坡有一位好友叫王巩,受"乌台诗案"牵连,被贬谪到岭南荒僻之地。王巩受贬时,其侍妾柔奴始终陪伴在侧。元丰六年(1083)王巩北归,与苏东坡劫后重逢,席间柔奴为苏东坡劝酒。苏问及广南风土,柔奴答以"此心安处,便是吾乡"。苏东坡听后,大受感动,欣作《定风波·常羡人间琢玉郎》一词献给王巩,歌

颂柔奴随缘自适的旷达与乐观,同时也寄寓着他自己的人生态度和处世哲学:

> 常羡人间琢玉郎,天教分付点酥娘。自作清歌传皓齿,风起,雪飞炎海变清凉。
>
> 万里归来年愈少,微笑,笑时犹带岭梅香。试问岭南应不好? 却道,此心安处是吾乡。

其实,无论是柔奴的"此心安处,便是吾乡",还是苏东坡的"此心安处是吾乡",均是从唐代诗人白居易的诗中承袭、化用而来。白居易的《初出城留别》中有"我生本无乡,心安是归处",《种桃杏》中有"无论海角与天涯,大抵心安即是家",《重题》中有"心泰身宁是归处,故乡何独在长安"。从中不难看出,白居易深受佛教文化的影响,生活态度随缘而达观。

"问汝平生功业? 黄州惠州儋州。"是苏东坡对自己颠沛流离宦游生涯的真切写照。我猜想,在他的一而再再而三、越贬越远的贬谪生涯中,他肯定多次想起白居易的这些浸润着佛性、渗透着禅意的诗句。其实,"此心安处是吾乡"的意念早就蕴藏在他的胸中了,柔奴的话只是促使他把这个意念具化为这句词的一个触媒而已。当年届花甲之际听到自己又被贬谪到天涯海角的消息时,他也一定想起了十几年前柔奴说的那句话、自己写的那首词,此时也正好用在他自己身上。正因为他有"此心安处是吾乡"的人生态度,所以,面对政治风雨,人生磨难,他能处变不惊,泰然自若,随缘自适,苦中作乐,"一蓑烟雨任平生","九死南荒吾不恨",把身心安顿,把异乡当成故乡,把忍受当成享受,活出别样的精彩,真正做到"胸中泊然,无所蒂芥,人无贤愚,皆得其欢心"。

人生中,能把"随缘自适"一词弄明白,并能真正做到"苦中作乐",几十年光阴恐怕也就安然而过了。人心安宁了,精神上才能有"家"的归属感,生命才会有安顿感、温馨感、充实感和幸福感。不然,纵有广厦千间、黄金万吨,但因为内心不安,人生也谈不上真正的幸福。一颗安定的如如不动的真心,就是一个恒定不变的"家"。这个"家"中的不动产,是随缘自适,是苦中作乐,是善良、宽容和感恩。这个"家",就是人们灵魂栖息的一座美丽的太阳城——精神家园。有了这个"家"和一颗如如不动的真心,就能以如如不变的定律来应对世间的无常万变。

但现实生活中,我们总是指望着"诗和远方"。其实,只要领悟了人生真谛,端正了人生态度,我们在哪里都犹如在故乡,在哪里都有"诗和远方"。当我们懂得了随缘自适,懂得了苦中作乐,懂得了善良、宽容和感恩,当我们不再纠结于计较和比较,我们就会知道,其实这个世界到处都是故乡,在哪里活的都是一颗心,在哪里生活都一样,在哪里都能活出人生的本色。

然而,我们的心,却总是想入非非、负荷沉重、难得安宁。正如美国诗人弗罗斯特所言:"在安息之前还有很长的路要走。"

人生难得是心安。唐人诗云:"安心自有处,求人无有人。"我们竟日奔波在寻觅家园的路上,我们终将要靠自己"安心"。